W0289478

CHAPITRE PREMIER

Les lustres jetaient l'éclat de leurs pierreries de cristal sur les boiseries et les dorures du grand salon d'honneur de la mairie.

L'esprit Troisième République marquait de son empreinte le style du décor : une fresque allégorique glorifiant le Travail et les travailleurs – manuels et intellectuels – ornait l'une des largeurs de la salle ; sur le tiers supérieur du mur opposé, l'amour de la Patrie était mis à l'honneur à travers la représentation austère de guerriers gaulois (ou francs), de soldats de l'An II et de Poilus de la Grande Guerre refoulant la Tyrannie et la Barbarie au-delà des frontières de la France. Trois larges portes-fenêtres percées dans l'une des longueurs ouvraient sur une terrasse surplombant un jardin à la française. Sur l'autre côté, des glaces encastrées entre des pilastres dédoublaient l'image de quelque cent cinquante invités foulant le parquet à la Française.

Le brouhaha des conversations résonnait en une rumeur incessante et confuse.

Stoïques et impeccables dans leur veste blanche, des serveurs se tenaient derrière une longue table immaculée chargée de petits-fours et de bouteilles de champagne. Immobiles telles des sentinelles, le regard neutre ou curieux, ils observaient les convives qui devisaient par petits groupes : vieux notables à rosette, hommes mûrs sûrs d'eux-mêmes, bourgeoises sur leur trente et un, jeunes godelureaux ambitieux. Du beau linge, comme dit le populo.

Deux femmes se tenaient près de l'entrée.

La plus âgée portait un strict tailleur gris ; la sobriété de sa tenue n'enlevait rien à sa sensualité. À trente-six ans, Betty Malone avait une silhouette sculpturale. Grande et élancée, des jambes superbes mises en valeur par des escarpins à talons hauts, des cuisses fermes et fuselées qui tendaient le tissu de sa jupe, une belle cambrure des reins, une poitrine opulente mais point trop, c'était une magnifique femelle aux appas infaillibles.

Face à elle, son interlocutrice paraissait fade. Ce n'était pas ses atouts physiques qui la desservaient. Bien au contraire, Sidonie Carlin n'avait rien à envier à Betty, son aînée de dix ans ; blonde aux yeux bleus, corps de jeune déesse, sa beauté de type nordique pouvait rivaliser avec celle de la brune à la chaude plastique latine.

Leurs visages étaient également en totale opposition ; les traits fins de Sidonie, son regard doux, ses lèvres rosies finement ourlées, contrastaient avec l'image de Betty dont le visage à la mâchoire volon-

POLICE DES MŒURS : Je souhaite recevoir :

– les volumes cochés ci-dessous au prix de 6,10 € l'unité, soit :

N°..

soit..livres à 6,10 € =..............€

+ frais de port

(1 vol. : 1,70 €, 1 à 3 vol. : 3,50 €, 4 vol et plus : 5 €) =..............€

(ajouter à TOTAL abonnements)........................... .... =..............€

N°	TITRES	N°	TITRES
125	Le Mort au pair	HS	Le Mystère de la dame en bleu
141	La Bombe de Noël	186	La Tamponneuse des Lilas
142	La Position du chapeau chinois	187	Princesse des podiums
143	Les Trois Orphelines	188	L'Arnaqueuse
144	La Bouc émissaire	189	La Flibustière des marais
145	Le Sentier des demoiselles	190	Hamster Dame
146	Lovita	191	Si belle et si agile
147	La Croqueuse de chrysanthème	192	L'Effeuilleuse morte
148	L'Auto-stoppeuse	193	La Démone de mes nuits
151	La valse des patineuses	194	Je m'envoyais déjà…
152	Contrat pour l'éternité	195	Les sept tentations
153	L'Amante religieuse	197	L'Arène de cœur
154	À l'ombre des filles en pleurs	198	La Mégère enragée
155	Tectonique des plates	199	La Guerre des peaux lisses
159	Le denier du cul	200	La Nymphette du 200
160	La rescapée	201	La Groupie de la rue St Denis
161	Mergitur	202	Vierges en soldes
162	La Fille au père	203	La maître queux
163	Strip poker	204	Le Clan des Polissonnes
164	La Plombière	205	La Cage aux molles
165	La Baby-siter	206	Minettes en miettes
166	La Langue au chat	207	Les Jumelles floues
167	En mai je fais ce qu'il te plaît	208	Mâtine à la plage
168	Sous les poupées la plage	209	L'Enjôleuse maléfique
169	Les Vendangeuses	210	Le Jeu des quatre vaincues
170	La Convoyeuse	211	la Bouilleuse de cru
171	Régime sensuel	212	Taupe-là
174	Félicie repasse le code	213	Les Visiteuses du soir
175	La cinquantième rugissante	214	Mortelle laideur
177	Belles du désert	215	Sois belle et tue-toi
178	À cru et à dia	216	Méfiez-vous des fillettes
179	Les Malveillantes	217	La jardinière des grosses légumes
180	Fleurdeprintemps. com		

ISBN : 978-2-74431-728-6

PIERRE LUCAS

LA FEMME REQUIN

POLICE DES MŒURS N° 218

VAUVENARGUES

taire, au regard perçant et aux lèvres rouges et pulpeuses, reflétait un caractère fort et dominateur. En dépit de cela, un observateur noterait que la jeune femme semblait se tenir dans l'ombre de Betty, comme si elle s'efforçait de voiler sa véritable personnalité et d'affadir ses charmes naturels. Épaules basses, visage fermé, gestes maladroits, toute son attitude suggérait un manque de confiance que le susdit observateur aurait pu mettre sur le compte d'une timidité congénitale. De temps en temps, elle glissait un regard furtif, admiratif et craintif, sur Betty. Celle-ci s'en agaça :

– Qu'est-ce que tu as à me regarder avec tes yeux de chien battu ? C'est parce que je t'ai dit que tu étais fagotée comme une provinciale ? balança-t-elle avec mépris. Qu'est-ce que tu veux ? Je t'ai déjà dit que cette robe te va comme un sac, soupira-t-elle après quelques secondes d'un examen méprisant de sa compagne.

Sidonie détourna les yeux et considéra son reflet dans un miroir. Elle se trouvait bien dans sa robe Gaultier dont les fines bretelles couraient sur ses épaules nues.

– Pourtant, avant de partir, je t'ai demandé ton avis… rappela-t-elle d'un ton de petite fille minée par l'incompréhension.

Elle était consciente de l'impertinence de sa remarque et guetta la réaction de Betty avec une pointe d'anxiété. Celle-ci ne parut pas s'émouvoir et ignora ostensiblement les propos jugés sans intérêt.

Ses yeux noirs scrutaient les convives. Soulagée de ne pas avoir à essuyer de sarcasmes, Sidonie posa un regard reconnaissant et subjugué sur sa compagne. La jeune femme suivit le regard de Betty qui fixait un groupe de trois hommes et deux femmes.

– Tu vois le type en costard bleu, avec la cravate rouge, dit Betty après quelques secondes d'observation, c'est Marc Venieux, le nouveau conseiller de Deniut.

Sidonie acquiesça d'un discret hochement de tête, enregistra l'information et photographia mentalement le bonhomme : quinqua à forte corpulence, crâne dégarni, visage jovial. Elle savait que Betty ne lui désignait pas ce collaborateur du maire sans raison. Pour l'heure, Sidonie ne savait rien des intentions de Betty mais il était évident que Marc Venieux était une proie éventuelle.

À cet instant, la sono grésilla. Les têtes se tournèrent vers l'angle de la salle où était plantée la hampe d'un micro. Un homme annonça le début de la cérémonie organisée pour célébrer la réélection de Jacques Deniut dans sa fonction de premier édile de la ville. À cette occasion, le gratin de la cité avait été convié : chefs d'entreprise, éminents membres de profession libérale, hauts fonctionnaires de la préfecture, représentants d'association et – démocratie sociale oblige ! – petit personnel de la municipalité ainsi que quelques citoyens de base. Chacun s'enorgueillissait de son importance dont la preuve tenait à leur présence hic et nunc.

Le maire fit son entrée par une petite porte percée sous la fresque patriotique; il projeta un sourire à la ronde, serra quelques mains et rejoignit quatre hommes et une femme alignés à quelques pas du micro.

Après avoir tapoté le micro d'un doigt pour s'assurer de son fonctionnement, un sous-fifre fit une brève introduction sur les motifs de cette réunion et passa la parole au maire.

Deniut parlait en consultant régulièrement son texte imprimé sur des feuillets qu'il tira de la poche intérieure de son veston. Sa voix claire et son élocution précise étaient le fruit de longues séances de travail sous la direction d'un professeur de diction.

Sur le fond, il énonça ce que chacun voulait entendre. Il fit un bilan laudatif de son mandat précédent, assura qu'il poursuivrait sa politique de développement et d'ouverture de la ville, dans la concertation avec l'ensemble des acteurs de la vie économique, sociale et associative, *« incontournables et essentiels rouages du dynamisme de notre cité »*. Tous les mots et formules ad hoc furent prononcés: « malgré la crise », « dialogue, écoute », « développement, croissance », « égalité, solidarité », « lien social » « esprit d'entreprise, dynamisme », etc.

– Il a fait des progrès oratoires, railla discrètement Betty à l'oreille de Sidonie. Tous ces connards l'écoutent comme le christ sur le mont des Oliviers. Beau laïus. Je connais Deniut, il est incapable d'aligner deux phrases sensées en français... ça pue l'énarque à plein nez... C'est l'œuvre de Marc Venieux.

Betty chercha le conseiller qui se tenait discrètement derrière l'orateur. Elle le désigna à Sidonie :

– Accroche-le. Je veux savoir ce qu'il a dans le ventre. Ses points forts et faibles. Attention, petite salope, je ne te demande pas de le sucer d'entrée ! Arrange-toi juste pour lui faire tirer la langue.

Sidonie acquiesça comme un bon petit soldat.

Une salve d'applaudissements bénit la fin du discours du maire. Ensuite, le meneur de jeu invita l'assemblée à se diriger vers le buffet. Autant dire qu'il n'eut pas à se répéter.

Betty profita de ce moment pour approcher Deniut et se placer dans son champ de vision. Cerné par une brochette de courtisans, le maire écoutait, répondait brièvement, congratulait l'un, promettait un rendez-vous à l'autre. Ce faisant, il aperçut Betty qui l'observait d'un œil goguenard. Il en ressentit de la gêne, cette femme l'observait comme s'il était un ours savant effectuant son tour de piste et il imaginait sans difficulté quelles pensées lui traversaient l'esprit. Elle connaissait ses faiblesses et ses manies, et le jugeait avec une froide lucidité. Il rompit le cercle de ses interlocuteurs et se dirigea vers la belle brune.

– Cette chère Betty, la salua-t-il, toujours aussi resplendissante.

– Merci, Jacques. Toi-même, tu as l'air en forme,

renvoya Betty en considérant la stature de rugbyman de l'homme, ses yeux gris malicieux, sa chevelure grisonnante et drue en dépit de ses cinquante-six ans. Ton discours était parfait et très convaincant, compléta-t-elle avec un accent de sincérité fort bien imité.

Deniut agita légèrement la tête, la commissure des lèvres déformée par une contraction dubitative. Le compliment lui était adressé mais il savait que Betty n'était pas dupe. Il eût préféré qu'elle s'abstienne de lui attribuer hypocritement un mérite qu'il n'avait pas.

– Cela fait partie de la fonction, répondit-il. Le discours est à l'homme politique ce que le marteau est à l'ouvrier.

Betty opina avec un sourire amusé. « Ce sacré Jacques, toujours le sens de la formule ; malheureusement, souvent inappropriée » s'amusa-t-elle, et de répliquer :

– Eh oui ! Comme le marteau, le discours peut aussi servir à assommer. Mais rassure-toi, le tien n'avait rien d'assommant. Tu as juste enfoncé quelques clous supplémentaires dans la tête de ton auditoire.

– Il était déjà acquis. Mais tu as raison, quelques clous en plus permettent de maintenir les idées en place.

– À propos d'idées, enchaîna Betty, tu sais que j'ai l'intention de lancer une opération de restauration et de construction sur la Ferronnerie.

Deniut confirma d'un battement de paupières. La Ferronnerie était un ensemble de bâtiments d'une usine métallurgique désaffectée comprenant plusieurs hectares de terrain. Il savait que la société immobilière de Betty, Immo Nova, avait des vues sur ce domaine. Seulement, elle n'était pas la seule…

– Je sais, Betty, rien n'est encore décidé. Certes, ton entreprise est bien placée mais…

– Mais quoi ? grogna Betty, je tiens à cette opération, tu le sais. Je compte sur toi.

– Bien sûr, tu peux compter sur mon soutien, Betty.

– Écoute-moi, je suis déterminée, asséna la promotrice immobilière. Ce n'est pas de ton soutien que j'ai besoin, c'est de ton accord. Je veux La Ferronnerie.

Deniut était impressionné par la volonté de cette femme. Betty était une redoutable femme d'affaires. Il la savait sans scrupule, coriace, prête à tout pour obtenir ce qu'elle voulait. Si l'on résistait à ses arguments, elle en utilisait d'autres auxquels aucun homme ne pouvait résister.

– D'accord, j'ai compris, concéda Deniut impatient de rompre cette discussion. On en reparlera.

– J'y compte bien.

Deniut s'éloigna en maudissant cette femme qui, quelques mois auparavant, l'avait accepté dans son lit. Malgré les heures de torride érotisme qu'il avait vécues, il se maudissait d'avoir succombé. Combien d'emmerdes rapporte un coup de queue incontrôlé ?

Betty suivit d'un regard acide la silhouette massive de Deniut qui se fit immédiatement accrocher par un citoyen ayant sans doute quelque faveur à lui présenter ou tout simplement un beau bouquet de flagorneries à lui servir. Deniut et son interlocuteur se fondirent dans la masse des convives agglutinés près du buffet. Betty n'avait pas apprécié l'attitude fuyante du maire. Elle rumina de mauvaises pensées pendant quelques secondes et puis se mit en quête de Sidonie. Aucune tête blonde n'était visible à proximité. Betty traversa la salle. En grande discussion avec une jeune femme, elle aperçut Marc Venieux, mais pas de Sidonie. « Où est passée, cette garce ? » s'énerva-t-elle en scrutant la salle. Elle repéra la jeune femme dont la silhouette était en partie masquée par la haute stature d'un homme. Betty slaloma entre les groupes et rejoignit Sidonie qui écoutait béatement les paroles d'un beau gosse au sourire conquérant.

– Je te cherchais, annonça sèchement Betty en coupant la chique au beau parleur.

Surprise, Sidonie sursauta et, après un instant de flottement, désigna du menton son interlocuteur :

– Je te présente Fabien Steiner.

– Enchantée, Betty Malone.

Enchantée, elle ne l'était pas vraiment.

– Fabien est avocat, reprit Sidonie. Son cabinet travaille sur quelques affaires pour la mairie.

Betty examina l'homme d'un coup d'œil rapide.

Elle lui attribua une trentaine d'années. Un mètre quatre-vingt-cinq, bien charpenté, il ne devait pas passer ses journées derrière son bureau. Ce qu'attestait le léger bronzage de son visage aux traits harmonieux. Il séduisait autant par son physique de jeune premier que par son sourire franc qui illuminait son regard vert.

– Fabien me disait qu'il a passé deux ans aux États-Unis, poursuivit Sidonie qui s'efforçait de relancer le dialogue amorcé.

Betty se contenta d'un « c'est bien » grommelé d'une intonation sèche et, dardant un regard courroucé sur Sidonie, rompit la discussion :

– On ne va pas s'éterniser. Demain, je me lève tôt.

Puis se tournant vers l'avocat :

– Veuillez nous excuser, Maître. Je vous souhaite une heureuse collaboration avec la mairie. Nous aurons sans doute l'occasion de nous revoir.

CHAPITRE II

Betty pilotait la Ford Mustang. Elle serrait fortement le volant et fixait la route sans ciller. Tassée sur elle-même, Sidonie lui jetait des regards en coin. D'habitude, c'était elle qui conduisait ; ce changement signifiait que Betty était énervée et voulait se défouler en jouant du levier de vitesse et de la pédale d'accélérateur.

Sous le faisceau des phares, les barres de la ligne blanche discontinue filaient comme des flèches sous la Mustang. Le compteur oscillait entre cent trente et cent trente-cinq kilomètres/heure et, bien que la route soit droite et large, la vitesse était limitée à 90 km/h.

Sidonie hésita, puis se décida à faire part de son inquiétude :

– Fais attention, Betty, on arrive sur un virage.

– Je sais ! rétorqua Betty, je connais la route !

Elle rétrograda brusquement. Le moteur ronfla, la Ford s'engagea dans la courbe et la coupa en chevauchant la ligne blanche continue. À la sortie du virage, elle se rabattit rapidement sur la droite pour sortir de la trajectoire d'un camion venant en sens inverse, klaxon hurlant comme une sirène.

– C'est de ta faute, accusa Betty en accélérant.

Sidonie encaissa le reproche et se prépara à en essuyer d'autres. Effectivement, Betty tourna vivement la tête vers sa compagne et la fusilla du regard avant de porter ses coups :

– Tu ne dis rien, bien sûr. Tu n'as rien à dire ?

Sidonie fixait la route sans répondre. Elle semblait hypnotisée par le défilement accéléré du ruban noir qui se fondait au loin dans l'obscurité. Betty poursuivit :

– Il vaut mieux que tu ne dises rien. Et d'ailleurs, je ne vois pas ce que tu pourrais dire pour expliquer ton comportement... Tu te rappelles qui je suis ?

Le bolide parcourut cinq cents mètres sans que Sidonie réagisse.

– Réponds ! intima Betty. Qui suis-je pour toi ?

– Tu es ma maîtresse, répondit enfin Sidonie.

– C'est ça ! Je suis ta maîtresse et tu es mon esclave. Tu le sais très bien mais tu n'as pas compris que l'esclave se devait d'obéir partout, toujours et en toute chose à son seigneur et maître.

Betty constata avec satisfaction que Sidonie avait la tête enfoncée dans les épaules.

– Tu as compris ?

– Oui...

D'un froncement de sourcils, Betty manifesta son insatisfaction.

– Oui, Maîtresse, rectifia Sidonie.

– C'est bien, la félicita Betty qui n'en oublia pas la cause initiale de colère ; je t'ai ordonné de t'occuper de Venieux, rappela-t-elle. Au lieu de cela, tu l'as laissé aux mains d'une pouffiasse pour te pâmer devant ce bellâtre du Barreau.

– Mais je n'ai…

– Tais-toi ! Tu as fauté en ne respectant pas mon ordre. Si je n'étais pas intervenue, je suis certaine que tu te serais fait baiser par ce mec, dans un recoin de la mairie. Ose me dire que ce n'est pas vrai ! Tu n'es qu'une salope prête à te faire fourrer par le premier connard venu.

Betty négocia prudemment deux virages puis reprit :

– Tu as envie d'une queue ? Hein, c'est ça ?

Sidonie crispa les mâchoires et resserra ses bras croisés autour de sa taille. Elle refusait de répondre, sachant que son désir ou son non-désir n'avaient guère d'importance aux yeux de Betty qui reprit :

– Tu as envie de te faire niquer, c'est ça ? Tu aurais bien voulu que ton beau mec écarte tes cuisses et te défonce…

La Mustang avala deux kilomètres. Un sourire figé aux lèvres, le regard visant un objectif invisible, Betty affichait l'expression de celle qui a pris une décision et qui est impatiente de la mettre en œuvre. Elle avisa les reflets des catadioptres d'un véhicule stationné à environ cinq cents mètres sur le bas-côté de la route.

– Tu avais envie d'une bite… Eh bien, tu vas être servie, prévint Betty en rétrogradant à l'approche de ce qui était un poids lourd à l'arrêt.

La conductrice vira à la hauteur du semi-remorque et pénétra sur une aire de repos. L'endroit cerné d'arbres était désert. Il y avait deux tables en bois et leurs bancs fixés au sol, placés là à l'usage d'éventuels pique-niqueurs.

Betty stoppa et coupa le contact sans éteindre les phares braqués sur une des tables.

Sidonie tourna la tête et interrogea sa compagne d'un regard soumis. Betty caressa la chevelure blonde et sourit. C'était un sourire chaleureux, quasi maternel qui effraya la jeune femme. Tout en passant délicatement sa main dans les cheveux de sa compagne, Betty expliqua ce qu'elle attendait d'une voix posée et ferme :

– Tu vois, ma petite Sidonie, ta maîtresse n'est pas une mauvaise maîtresse. Tu voulais de la bite, ton désir sera satisfait. Tu es contente ?

Sidonie opina d'un hochement de tête.

– Je n'ai pas entendu ta réponse ? insista Betty.

– Oui, Maîtresse, je suis contente.

– À la bonne heure ! clama Betty qui pointa un index vers le camion. Tu vas aller voir le chauffeur (en passant, j'ai vu qu'il était derrière son volant). Tu vas lui proposer de le sucer et de te baiser… S'il n'est pas pédé, il sautera sur l'occasion et te sautera. La seule condition que tu y mettras, c'est qu'il te prenne sur la table.

Sidonie comprit qu'il était inutile de tenter d'échapper à cette épreuve censée la punir de sa désobéissance. L'expression déterminée de Betty excluait que cette dernière puisse entendre la moindre réticence. Il était d'ailleurs préférable de se soumettre sans protester; Dieu seul sait, ce que ce démon de Betty aurait imaginé si Sidonie avait fait montre d'un semblant de rébellion.

Sidonie ouvrit la portière et sortit. Avant qu'elle ne la referme et ne se dirige vers le poids lourd, Betty lui tendit un préservatif.

– Tiens, prends ça, je ne tiens pas à ce que tu reviennes avec un polichinelle dans le tiroir ou que tu me ramènes un échantillon de HIV.

– Merci, Maîtresse.

Il ne fallut pas plus de trois minutes pour décider le camionneur à quitter sa cabine. Il prit d'abord Sidonie pour une pute et lui demanda ce qu'elle prenait. Quand la jeune femme lui dit *« c'est gratuit »*, il se méfia. Qu'une belle fille au visage angélique s'offre au bord d'une route sans contrepartie n'était pas courant, donc méfiance ! Il jaugea la situation : sa remorque était vide et ne présentait aucun intérêt pour des pirates dissimulés dans les fourrés, la fille était accompagnée d'une autre femme dont il distinguait le visage derrière le pare-brise de la Ford. Deux salopes de bourgeoises qui veulent se payer un grand frisson, conclut-il.

Sidonie examina avec effroi la masse de chair qui descendait du camion. Le routier n'était pas un freluquet. Épais, gras du bide, des tatouages grossiers ornaient ses avant-bras et son visage carré arborait une moustache à la gauloise qui couvrait sa lèvre supérieure. Une véritable caricature de camionneur, estima Sidonie. Du prolo brut de brut. Exactement le type d'homme qu'exécrait la jeune femme. À croire que cette garce de Betty l'avait choisi.

L'homme suivit Sidonie. Ventre en avant, il avançait à petits pas larges, d'une démarche souple et alerte malgré sa corpulence, les yeux posés sur les fesses de Sidonie qu'il compara au popotin de sa bobonne. Autant comparer un plat de potée auvergnate à un steak haricots verts.

Bien décidée à expédier rapidement l'affaire, Sidonie releva sa robe jusqu'à la taille, fit glisser sa culotte le long de ses jambes et la laissa tomber sur le sol, puis elle prit appui sur le rebord de la table, jambes écartées.

Le routier se délecta du spectacle. Sous la lumière crue des phares de la Ford le fin duvet blond du minou chatoyait. La fente délicate était comme un trait d'ombre. L'homme s'avança en ouvrant sa braguette. À un mètre cinquante de la femme, il dégagea son membre en phase d'expansion. À la vue de l'engin noueux et de calibre supérieur à la moyenne, Sidonie déglutit pour retenir une exclamation.

– Elle est belle, j'en suis assez fier, dit l'homme avec candeur... J'en ai que des compliments.

– Oui, bien sûr, balbutia Sidonie qui tâta la queue d'une main hésitante.

Elle sentit la bite se dresser et palpiter. Le routier bandait dur, et les doigts de Sidonie enserraient difficilement le contour du chibre dont la longueur dépassait des paumes de ses deux mains juxtaposées.

L'homme glissa une main dans l'entrecuisse de la femme. Malgré son excitation, il caressa la vulve délicatement, et – pourrait-on dire – prit des gants pour s'introduire progressivement dans la fente. Sidonie apprécia. Sous ses aspects de rustre, l'homme avait du savoir-faire.

Dans la Ford, Betty contemplait la scène. Elle avait incliné le dossier de son siège et savourait le spectacle des préliminaires. Elle aussi avait été impressionnée par le phallus et s'était réjouie en surprenant l'air effaré de Sidonie quand la bête avait surgi de son repaire. Instinctivement, elle avait relevé sa jupe en haut des cuisses et passé sa main sous le tissu de sa culotte.

Sidonie sentit que l'excitation du routier avait monté d'un cran. Le bougre jouait du majeur dans le vestibule de son intimité, titillait son clito, revenait s'enfoncer plus profondément. Il avait rabattu le haut de la robe et suçotait le mamelon de son sein gauche. Le braquemart en main, la jeune femme se rappela soudain la consigne de Betty : tu le suces et il te baise. Il était hors de question d'éluder la première partie de cet ordre. Sidonie se dégagea de l'emprise de son partenaire et s'accroupit. Le membre était mastoc, légèrement courbe, avec un gland rose bien renflé. La jeune femme débuta en douceur par quelques caresses de la langue le long de la hampe et sur le pourtour du gland. Puis, elle pompa brillamment, à la goulue, une main massant délicatement les couilles. L'homme grognait et, emporté par son plaisir, poussait sa queue à fond ; Sidonie suffoquait mais ne lâchait pas le morceau.

Betty ne perdait pas une seconde du spectacle ; la salope de Sidonie prenait son pied. Une telle queue dans la bouche ! Et la petite pute y prenait plaisir… Fascinée par cette bite qui s'enfonçait entre les lèvres de sa compagne, Betty se caressait fébrilement. Ses doigts pressaient son clito, le petit bouton s'échauffait, une douce liqueur commençait à mouiller les bords de sa vulve.

En deux minutes, l'homme approcha du point de rupture. Il était temps de passer à la deuxième partie du programme, estima Sidonie. Elle recouvrit la bite de son capuchon protecteur, se redressa et s'assit sur le bord de la table, jambes largement écartées, sexe à demi ouvert et offert à la concupiscence du mâle.

L'homme était subjugué par la chatte de Sidonie. C'était un petit minou adorable. Il porta ses doigts à son nez, huma l'odeur de la femme qu'il avait recueillie, puis il les suça. La dégustation le ravit et il émit un petit grognement de satisfaction. Il plongea le nez entre les cuisses de la jeune femme et la brouta comme un affamé. Le cuni n'était pas prévu dans le scénario mais Sidonie ne put s'y soustraire. Le routier avait un bon coup de langue. Pas fainéant, le lascar ! Il glissait entre les grandes lèvres, léchait la fente, suçotait et asticotait le clito. La moustache ajoutait un plus. C'était la première fois que Sidonie avait un moustachu entre les jambes, et somme toute ! ce n'était pas déplaisant.

Rassasié, la moustache humide, l'homme se redressa. Sa belle pine dressée trouva immédiatement le chemin du bonheur.

Sidonie poussa un « haaa… ! » de soulagement et peut-être bien de plaisir quand le chibre la pénétra. Le gros machin l'emplissait totalement. Dur et doux, à la fois. « Ben, ma foi ! Ce n'est pas si terrible que ça ! J'avais tort de me faire du souci… J'ai le con plus spacieux que je ne pensais » se dit-elle.

Le routier souriait à sa partenaire en limant en douceur. Il la baisa d'abord en pépère, à bas régime, la queue glissant lentement de l'orée au fond du trou. Le petit futé prenait son temps afin de profiter de chaque parcelle des parois de ce vagin tiède et humide. Puis, il changea de vitesse. Ses grosses mains enveloppèrent les fesses de la femme. Il les pétrit, ses doigts s'immiscèrent dans le sillon fessier ; un doigt flatta l'anus d'un léger effleurement.

Maintenant le piston phallique s'activait à plein régime. Le cul empoigné par de puissantes paluches, l'entrecuisse martelé, le con ruisselant et bouillant, Sidonie avait l'impression d'être un frêle esquif dérivant sur une mer déchaînée. Le glorieux braquemart s'en donnait à cœur joie. Il la bourrait sauvagement. Le doigt s'était introduit dans son anale intériorité, et ce petit complément n'était pas sans attrait.

« Purée ! Je vais jouir ! » se reprocha Sidonie « Quelle honte ! » D'un autre point de vue, elle n'était pas mécontente. Après tout, Betty avait peut-être raison : elle avait sans doute envie d'une bite.

Betty se paluchait sur son siège. Elle avait déjà joui mais elle sentait qu'un second petit orgasme était au bout de ses doigts. Elle s'interrompit quand le routier toujours bandant se retira et retourna Sidonie qui, buste fléchi sur la table, offrit son cul comme une cible à la flèche de l'archer.

« Il va l'enculer ! s'exclama Betty. Et cette petite salope se laisse faire ! »

C'est effectivement ce qui fut fait et bien fait. Le camionneur maniait son engin aussi bien que son semi-remorque, avec précision et sûreté dans la manœuvre. Il s'introduisit lentement, par petites avancées progressives après avoir lubrifié la voie de deux doigts enduits de sa salive. L'appréhension fit place au plaisir quand Sidonie sentit le machin l'écarteler. Une fois dans la place, le routier se livra à des va-et-vient réguliers, lents et profonds. Il n'eut pas à forcer l'allure, le petit cul resserré massait divinement son membre. La jeune femme se mordillait la lèvre inférieure, la bite la fourrait pleinement et déclenchait dans son ventre des sensations grossières et subtiles.

Tout à coup, l'homme grogna et s'enfonça profondément. Il lâcha sa bordée et resta un long moment immobile, planté dans la femme, cherchant à retenir ce moment de jouissance intense.

Cinq minutes après, Sidonie retrouvait Betty. Celle-ci ne paraissait pas avoir été apaisée par ses deux orgasmes.

– Eh bien, on dirait que ça ne t'a pas déplu, dit Betty d'un ton sarcastique. Tu vois, j'avais raison, tu avais envie d'une bite. Qu'est-ce qu'on dit ?

– Merci, Maîtresse, c'était bien bon.

Betty mit le contact et enclencha la première vitesse en lançant :

– Je te crois, ma salope. En tout cas, tu n'as pas respecté scrupuleusement mes ordres. Je t'avais ordonné de le sucer et de te faire baiser, pas enculer…

– Je sais. Mais je n'ai pas pu faire autrement. Le mec était baraqué…

– C'est ça, fiche-toi de ma poire ! C'est bon ! T'as pris ton pied, c'est bien. Maintenant va falloir te mettre au boulot. Dès demain, tu te mets sur Venieux. Et que je ne te surprenne pas à tourner autour de l'avocat.

– Oui, Maîtresse.

CHAPITRE III

Alexandre Gribovitch et Sophie Leclerc quittèrent ensemble leur petite maison du 14 de la rue Saturnin-Bernache sise dans le onzième arrondissement de Paris.

Si l'on en croyait les augures d'un ciel bleu parsemé de rares nuages blancs ainsi que les prévisions optimistes de la Météo nationale, cette journée de Mai s'annonçait agréable.

À voir les deux piétons se diriger en silence vers la station de métro, un observateur aurait pu penser qu'il s'agissait d'un vieux couple. L'homme était sobrement vêtu d'un costume gris bleu. Grand échalas à la chevelure en voie d'extinction, son long nez chaussé de petites lunettes à la monture en acier, fumeur impénitent de Gitanes blondes, l'homme avait l'air d'un petit employé de banque ou d'un employé de mairie de catégorie A.

Plus jeune que son compagnon, et à l'inverse de ce dernier, la jeune femme avait quelques rondeurs qui lui seyaient bien. Une frange brune couvrait une partie de son front et lui conférait un petit air frondeur. L'éventuel observateur dirait qu'elle était bien en chair (élégante et évocatrice expression qui stimule l'imagination). Elle portait un jean et un blouson.

Contre toutes apparences, Alexandre Gribovitch et Sophie Leclerc ne formaient pas un couple. Ils vivaient ensemble sans autres implications que celles induites par les tâches domestiques inhérentes à la vie quotidienne. Pour être clair, ils cohabitaient. Dans la petite maison de la rue Saturnin-Bernache, ils avaient chacun leur chambre et partageaient le salon et la cuisine. No sexe entre eux.

En les suivant, l'observateur aurait pu constater que Gribovitch et Leclerc avaient un employeur commun : le ministère de l'Intérieur. Tous deux étaient officiers de Police Judiciaire. Ainsi, leur cohabitation se prolongeait jusque dans le bureau commun qu'ils occupaient dans un discret bâtiment de la rue de Lutèce où logeait la très discrète section des Affaires Spéciales.

Le duo, l'attelage, le tandem – baptisons-le comme bon nous semble – fonctionnait parfaitement tant professionnellement que dans le petit havre de paix de la rue Saturnin-Bernache.

Les nuages s'étaient dissous dans l'azur limpide lorsque les capitaines Gribovitch et Leclerc pénétrèrent dans le bureau de Karine, la secrétaire et hôtesse d'accueil du service.

Un poème, cette Karine ! Plus exactement, un tableau. Un tableau aux couleurs vives d'inspiration fauviste, qui détonnaient dans le décor austère du lieu.

Chevelure rousse ébouriffée parsemée de minuscules ampoules clignotantes, lèvres pulpeuses rouge sang, une coquille d'escargot en guise de pendentif à l'oreille gauche, il était difficile de ne pas s'extasier (ou de se pétrifier) devant cette recherche d'originalité esthétique que même le plus timbré des créateurs fous n'aurait pu concevoir sous l'emprise de champignons hallucinogènes. Un chemisier bariolé à jabot de dentelle rose festonnait sur sa poitrine opulente. Et bien entendu, une jupette rouge à franges multicolores couvrait difficilement un tiers des cuisses nues, fort appétissantes, il faut le dire.

– Vingt dieux ! s'exclama Gribovitch, vous êtes un arc-en-ciel, Karine. J'avoue que je suis ébloui, ça flashe un max… Et cette coquille d'escargot… Quelle trouvaille ! C'est un petit-gris ou un Bourgogne ? Avez-vous pensé à la coquille Saint-Jacques ? Ou mieux, au bigorneau ?

– Un bigorneau… fit en écho la réceptionniste d'un air pensif. C'est une idée… J'aime bien les bigorneaux…

– C'est sûr, un bigorneau à l'oreille, ça classe une femme. Vous le préférez gros ou petit, le bigorneau ?

Karine fronça les sourcils et posa un regard suspicieux sur Gribovitch.

– Dites-moi, c'est bien d'un coquillage que vous parlez ? questionna-t-elle.

Gribovitch se récria :

– Mais de quoi d'autre parlerais-je ?

– Je ne sais pas, répondit Karine. J'ai l'impression qu'il y a un sous-entendu scabreux… Avec vous, il faut se méfier.

– Pas du tout ! protesta Gribovitch, je n'ai aucune arrière-pensée. Un bigorneau, c'est un escargot de mer… Il y a même des bigorneaux perceurs. Cela dit, si le bigorneau ne vous inspire pas, vous pouvez prendre une moule… Une valve de moule à l'oreille, cela doit être du plus heureux effet.

Leclerc intervint :

– Dis, Alex, tu ne crois pas que tu t'égares ?

– Oui, je crois bien, appuya Karine. Le bigorneau et la moule du capitaine Gribovitch ne me paraissent pas très catholiques.

Satisfaite de sa tirade, la réceptionniste se consacra à son écran et annonça avec une pointe de perversion : « le commandant Griffon vous attend depuis un quart d'heure ».

Quinze minutes étaient le temps limite au-delà duquel le patron des Affaires Spéciales estimait que les bornes de la bienséance étaient dépassées. Et comme le disait feu Pompidou « *quand les bornes sont dépassées, il n'y a plus de limites* ».

Lorsque Gribovitch et Leclerc se présentèrent, Griffon avait eu le temps de soumettre à la cruelle morsure de ses maxillaires un malheureux capuchon de stylo, exutoire à sa mauvaise humeur pour partie pérenne et pour l'autre consécutive au quart d'heure de retard de ses subordonnés.

– Bonjour, capitaines Gribovitch et Leclerc, salua-t-il avec agacement. Je suppose que vous avez été retenus par une affaire urgente.

– Non, Patron, c'est Karine, avança Gribovitch.

– Quoi, Karine ?

– Nous sommes tombés en pâmoison devant elle. Il m'a fallu du temps pour reprendre mes esprits.

– C'est bon Gribovitch ! Votre humour me passe au-dessus de la tête. Certes, Karine est un peu excentrique mais à cela vous devriez être habitué. Au demeurant, elle met un peu de fantaisie dans ce service.

– Je n'avais pas vu la chose sous cet angle.

Griffon glissa sur le sujet et consulta sa montre, manière de montrer qu'il n'avait pas de temps à perdre en balivernes.

– Bon ! Passons aux affaires sérieuses, dit-il après deux mastications nerveuses sur le capuchon rouge, bien piètre substitut à la cigarette à laquelle il avait renoncé sur recommandation de son toubib.

– Ah ! Les affaires reprennent, se félicita Gribovitch.

– Ne généralisons pas ; pour l'heure, il s'agit d'une seule affaire. En l'occurrence, nous avons sur les bras le cadavre d'une prostituée dont le corps a été découvert dans son appartement, hier soir. Elle était nue. Elle a été étranglée à l'aide du cordon de son peignoir et poignardée… Je reviendrai sur ce point.

Le patron des Affaires Spéciales ouvrit une

chemise cartonnée rouge posée sur son sous-main. Il jeta un coup d'œil rapide sur la première feuille et résuma :

– Elle se nommait Géraldine Marcier. Vingt-trois ans, française, née à Nantes. Le corps a été découvert par une de ses amies, une certaine Martine Olbac, vingt-six ans, prostituée également.

– Elles vivaient ensemble ? demanda Leclerc.

– Sans doute. La copine avait une clé, ce qui laisse au moins supposer que les deux jeunes femmes étaient proches. Cependant, elle est hors de cause. Le jour du meurtre, elle escortait un client du côté de Chantilly. Son alibi est solide... Je reviens sur les circonstances du meurtre. Détail important : l'assassin a inscrit des signes – des sortes de symboles sur l'un des murs de la chambre – avec le sang de la victime. Comme je vous le disais, elle a été étranglée et poignardée. L'autopsie nous apprendra quelle est la cause de la mort.

Gribovitch s'avança sur le bord de son siège et intervint :

– Ça sent le crime d'un détraqué. Pourquoi sommes-nous saisis de l'affaire ? Après tout, même s'il s'agit d'un serial killer, c'est un simple meurtre.

– Exact, concéda Griffon. D'ailleurs, ce sont les collègues du quartier qui ont commencé l'enquête. Ils ont effectué les premiers constats et fait du porte-à-porte dans l'immeuble, sans résultat. Et puis, dans le répertoire de cette call-girl, le commissaire chargé de l'enquête a trouvé un nom et le numéro de téléphone d'un notable : Jacques Deniut. Ce nom ne vous est peut-être pas familier. Cependant, ce personnage est maire d'une commune importante ; il fréquente les cercles du pouvoir et compte quelques ministres parmi ses relations. Il est fort probable qu'il n'ait rien à voir avec ce meurtre mais…

– Mais il vaut mieux s'en assurer en évitant que son nom n'apparaisse dans la presse, compléta Gribovitch. Et c'est pour cela que l'affaire nous a été transmise.

– C'est cela même, confirma Griffon.

– Il faudra pourtant qu'on l'interroge, pointa Leclerc.

Griffon soupira en haussant les épaules. Il mâchouilla méthodiquement son capuchon avant de répondre :

– Si cela s'avère absolument nécessaire… Creusez d'autres pistes avant de vous mettre sur ce notable. Si un journaliste vous voit tourner autour de lui, il va se poser des questions et trouver rapidement les réponses… Une call-girl et un notable, c'est très affriolant pour le grand public.

– Compris, Patron. On va se faire discrets.

CHAPITRE IV

Betty avait réitéré son ordre : « tu accroches Venieux et tu le fais parler sur Deniut ». Cette fois, Betty n'avait pas mis de limites quant aux moyens à employer.

Sidonie avait pris note des consignes de sa maîtresse qui lui avait fourni des informations sur le nouveau conseiller du maire. C'était maigre mais elle devait s'en contenter.

À vingt et une heures trente, la jeune femme entra au Henry's bar, un bar américain, où presque chaque soir Venieux allait se détendre en solitaire. Il s'installait à une table située dans un angle du fond de la salle, et dégustait des Bourbon, de quatre à six selon son humeur.

Très cosy, ambiance feutrée, répertoire de jazz en fond sonore, l'établissement avait le charme désuet d'un club anglais. Assis dans un confortable fauteuil en cuir brun, Venieux méditait, pensait à ses projets, cogitait sur le prochain discours de Deniut qu'il devait rédiger, en sirotant lentement des gorgées de son alcool préféré. Il restait ainsi une heure ou une heure et demie à carburer au bourbon, jusqu'à ce que ses idées deviennent fumeuses.

Sidonie traversa la salle. Distante et hautaine, elle ignora avec superbe les regards flatteurs des clients esseulés. Elle affecta de chercher une place, hésita et se dirigea vers la table qu'elle avait repérée de l'entrée et qui se trouvait à proximité de Venieux. Elle s'installa en évitant de tourner les yeux vers l'homme. Elle commanda un porto et prit le temps de boire deux gorgées avant de tenter de capter l'attention de Venieux. Ce dernier semblait absent et fort peu intéressé par cette beauté blonde. Sûre de son charme, Sidonie ne s'en inquiéta pas. Cela prit quelques minutes avant que l'homme ne daigne tourner les yeux vers elle. Le regard vitreux, il lui adressa un petit sourire poli. Sidonie saisit l'occasion :

– Je crois qu'on se connaît, attaqua-t-elle en feignant d'explorer sa mémoire… Oui, bien sûr, je vous ai croisé lors de la réception du maire. Vous êtes le nouveau conseiller… Marc Venieux… énonça-t-elle comme une candidate heureuse de donner la bonne réponse à son examinateur.

Le conseiller lissa sa cravate rouge, ramena les deux bords de sa veste sur son ventre et redressa sa forte carcasse. Il passa une main machinale sur la bordure de cheveux cernant un crâne dégarni et confirma :

– Tout à fait… Vous, vous êtes…

– L'assistante de Betty Malone, la promotrice immobilière, s'empressa de compléter Sidonie.

– Ah, oui… Jacques – je veux dire le maire – m'a beaucoup parlé de votre patronne. Une femme remarquable, selon ses propres paroles.

– Il n'a pas tort, Betty est une femme d'exception Elle dirige Immo Nova, son entreprise, d'une manière qui force l'admiration. Car ce n'est pas facile pour une femme de se faire une place dans le monde de l'immobilier.

Venieux en convint mais ne chercha pas à engager la discussion sur ce sujet. Sur aucun autre d'ailleurs. Un peu désarçonnée, Sidonie avala son Porto et tritura son verre vide.

– Je vous en offre un autre, proposa Venieux qui ne voulait pas passer pour un goujat.

« C'est un début laborieux » se dit Sidonie.

D'une main levée, Venieux fit signe au barman de renouveler les consommations. Puis, il se leva et, en quelques pas hésitants, vint se poser sur un fauteuil en vis-à-vis de la jeune femme. Pour l'occasion, Sidonie portait une robe très ajustée à ses formes. C'était un modèle économe en tissu ; Pas de superflu, les épaules étaient dénudées et le décolleté découvrait la naissance du sillon mammaire. Économie également dans le bas de la robe dont le pan parvenait à peine à dissimuler le haut des cuisses. Venieux glissa un œil fatigué sur cet étalage de chair fraîche ; c'était le regard d'un chaland qui reconnaît la qualité de la marchandise mais qui n'est pas encore décidé à acheter.

« Ce n'est pas gagné » songea Sidonie. Loin de la démoraliser, ce constat stimula son esprit de compétition.

Le barman déposa les verres sur la table. Discrètement, d'un mouvement furtif des yeux, il envoya un sourire à Sidonie, visa Venieux et revint sur la jeune femme. Celle-ci était trop concentrée sur son objectif pour prendre le temps d'interpréter le message. Elle leva son verre, remercia Venieux qui suivit son exemple.

– Votre tâche n'est pas facile, reprit Sidonie après avoir reposé son verre, Deniut a la réputation d'un homme exigeant avec ses collaborateurs.

Venieux fixait son verre. Il ne réagit pas immédiatement et remua les lèvres sans les desserrer en une sorte de tic nerveux.

– Ça va, finit-il par articuler d'une voix lourde. J'ai connu mieux et pis. Faut s'adapter… je m'adapte. Je suppose qu'il en est de même avec votre patronne… Si j'en crois ce que j'entends, question réputation, Betty Malone n'a rien à envier à Deniut.

– C'est vrai, reconnut Sidonie. Betty est une femme dure avec les concurrents autant qu'avec ses employées.

– Je crois savoir que vous êtes sa plus proche collaboratrice.

Sidonie inclina légèrement la tête ; du bout des doigts, elle rejeta une mèche de ses cheveux sur l'arrière de son oreille droite. La question de Venieux lui fit comprendre qu'il devait connaître la situation de Betty.

– Disons que je suis très proche d'elle. Elle me fait confiance. Mais il est vrai qu'elle a un sale caractère. Comme vous, je m'adapte. C'est un bon job… L'affaire de Betty est solide. Vous savez qu'Immo Nova a des projets pour le domaine de La Ferronnerie ? De grands projets.

Venieux contemplait son verre. Il confirma d'un battement de cils sans se détacher de sa contemplation.

– Je suis au courant, dit-il après un instant de silence. Je sais… C'est un beau projet mais rien n'est encore décidé, déclara-t-il d'un ton brusquement ferme.

Sidonie s'inquiéta. Que signifiait « *ce n'est pas encore décidé* » ? Elle savait que Betty misait beaucoup sur cette opération. Un gros marché lui avait échappé et elle comptait sur La Ferronnerie pour se renflouer. Elle chercha une contenance dans une gorgée de porto et interrogea son interlocuteur en s'efforçant de dissimuler l'intérêt qu'elle portait à la question :

– Bien sûr, ce n'est pas une décision que l'on prend à la légère. C'est un projet ambitieux… Le maire a paru très intéressé…

– Oui… Il s'intéresse à ce projet… Mais il n'a pas encore tranché… Il y a d'autres propositions à étudier. Et puis, il faut respecter la légalité et les règles des marchés publics en la matière.

« Allons donc ! C'est nouveau, ce respect de la légalité. Depuis quand Deniut tient-il compte des règlements ? » fulmina Sidonie en son for intérieur. « Cet argument n'est qu'un écran de fumée… Mauvais, très inquiétant » estima la jeune femme en imaginant la réaction rageuse de Betty. Sidonie n'eut pas le temps de cuisiner le conseiller. Ce dernier avala d'un trait le restant de son bourbon et se leva lentement de son fauteuil. Il réajusta son veston et s'adressa à la jeune femme :

– C'est une discussion bien austère pour une fin de soirée. Surtout avec une belle femme comme vous.

Sidonie décroisa les jambes et les recroisa en inversant leur position sans même prendre le soin de retenir le pan de sa robe qui remonta en haut de ses cuisses, à la lisière de sa culotte. Elle fignola son sourire de minette et velouta le timbre de sa voix pour porter ce qu'elle pensait être l'estocade :

– Merci. Mais vous savez, je peux discuter de bien autre chose.

– Je n'en doute pas, concéda Venieux en accompagnant son propos d'un sourire amusé. Je suis sûr que votre conversation est délicieuse… Vous saluerez votre patronne de ma part.

Sidonie suivit des yeux la silhouette de Venieux qui se dirigeait d'un pas lourd vers le bar où il régla les consommations. Puis, il se retourna, adressa un salut désinvolte de la main à la jeune femme et se traîna vers la sortie.

La jeune femme resta pensive, le regard perdu dans le vague. « Échec sur toute la ligne ou presque » se lamenta-t-elle. Betty allait être furieuse ; de surcroît, les propos du conseiller au sujet de La Ferronnerie n'allaient pas la calmer.

Malgré son état d'esprit morose, Sidonie perçut l'intérêt que lui portait le barman. Elle l'avait remarqué en entrant, ce jeune gaillard métissé à la carnation dorée et aux yeux bleu vert. Et sans l'impératif de sa mission, elle se serait perchée sur l'un des tabourets du bar. Mais maintenant, Venieux l'avait laissée en plan… Elle avait du temps devant elle et avait besoin de digérer sa défaite. Elle se leva, prit son verre et se propulsa vers le bar. Le barman abandonna un client avec lequel il s'entretenait et vint à la hauteur de la jeune femme. Sidonie commanda un Périer.

Le barman la servit avec diligence et resta face à elle, la contemplant d'un air ravi.

– Qu'est-ce qu'il y a ? J'ai un bouton rouge sur le nez ? demanda Sidonie sans agressivité.

– Non. Et même si vous en aviez un, vous seriez quand même agréable à regarder.

Le compliment fit sourire Sidonie

– Merci, dit-elle.

– En tout cas, si j'avais été à la place de ce vieux bonhomme de la mairie, je n'aurais pas laissé passer ma chance.

– Eh bien, voyez-vous, ce n'est pas lui qui m'a

laissée, c'est moi qui ai refusé de le suivre. Figurez-vous qu'il m'avait promis un boulot.

– Je vois… Curieux endroit et drôle d'heure pour un entretien d'embauche, nota avec pertinence le barman.

– Je sais, je suis naïve – pour ne pas dire conne.

– Pas vraiment, puisque vous n'avez pas marché dans sa combine. Vous cherchez quoi, comme boulot ?

– Secrétariat.

– Secrétaire, répéta le barman en s'éloignant.

Il servit un homme et une femme, puis il revint s'adresser à Sidonie :

– Ce qui m'étonne, c'est que vous n'êtes pas du tout le genre de femme qu'apprécie ce type.

– Quel est son genre ?

– Ah ! Secret professionnel.

Sidonie posa un regard intrigué sur son interlocuteur qui affichait un air malicieux. « Un petit futé » jugea-t-elle. Après cette brève réflexion, elle enchaîna :

– Vous le connaissez ?

Le barman dodelina de la tête et appuya sa réponse d'un mouvement oscillatoire de la main :

– Plus ou moins, dit-il. On dirait que le bonhomme vous intéresse…

– Plus ou moins, répliqua Sidonie. Par exemple, j'aimerais que vous me parliez du genre de femme qu'il affectionne.

– Pourquoi pas ? Disons dans une heure, après

mon service… Au fait, je m'appelle Denis.

– Moi, c'est Sidonie… Alors, d'accord Denis, on se retrouve dans une heure.

Le visage épanoui, Denis expliqua qu'il y avait une entrée de service sur l'arrière de l'immeuble.

CHAPITRE V

Sidonie ne fut pas surprise de se retrouver dans le studio de Denis. Il faut même dire qu'elle s'y attendait et l'espérait. L'hypocrisie n'était pas son défaut. Elle savait que le barman avait clairement l'idée de la sauter, et si elle avait accepté le rendez-vous, c'est qu'elle-même ne trouvait rien de déplaisant à la chose.

Pendant que Denis préparait deux punchs, Sidonie fureta dans la pièce. Ce n'était pas spacieux mais l'endroit était agréable, chaleureux, meublé sobrement d'un canapé convertible, d'une table basse, d'une table sur tréteaux aménagée en bureau sur laquelle étaient posés un ordinateur portable, une imprimante, ainsi que des livres.

Sidonie feuilleta un manuel de droit commercial.

– Tu es étudiant, en déduit-elle.

– Oui, étudiant en troisième année de droit des affaires. Je travaille le soir au Henry's pour me payer mes études. J'ai deux frères et une sœur ; mes parents n'ont pas les moyens de m'entretenir.

Sidonie connaissait le problème. Pas exactement le même ; cependant, il aboutissait à un résultat identique : elle avait dû travailler pour subvenir à ses besoins d'étudiante.

Elle était fille unique et pourtant ses parents avaient refusé de payer ses études. Ils en avaient les moyens mais son père s'opposait à ce qu'elle s'inscrive aux Beaux-arts. Militaire de carrière, il avait des idées bien arrêtées en tout domaine. Son monde se divisait en deux : d'un côté, les assistés, les fainéants, les Arabes, les parasites et les politicards de gauche, et de l'autre, les bons Français, rubrique très sélective qui réclamait un pedigree sans tache sur trois générations. Que sa fille envisage de devenir une émule de Suzanne Valadon ou de Camille Claudel l'outrageait puisque, depuis la maternelle, il la destinait à une carrière de haut fonctionnaire. Magnanime, il lui laissait le choix de l'administration… Conseil d'État, ministère des Affaires Étrangères ou de l'Intérieur, il n'avait guère de préférence.

Après son bac, lorsqu'elle annonça qu'elle fréquentait un rapin chevelu sans un sou vaillant en poche et qu'elle avait décidé de devenir artiste, papa Carlin se crut déshonoré. Il serait la risée de la famille ; sa sœur aînée, mariée à un grand commis de l'État, mère de deux fils dont l'un était énarque et l'autre médecin chef au Val-de-Grâce, l'accuserait de dévaloriser le clan des Carlin. Il catalogua sa fille comme folle et envisagea une cure de rééducation en hôpital psychiatrique. Fort heureusement, le temps de la toute-puissance du pater familias était révolu et le colonel de réserve ne put faire embastiller sa fille rebelle.

Sidonie rompit définitivement avec sa famille. Elle avait conservé quelques contacts avec sa mère mais n'avait plus jamais parlé à son père.

Elle réussit l'examen d'entrée aux Beaux-Arts et vécut un an avec Gérard Lérin, son amour de barbouilleur. On peut être artiste, prôner des idées libérales en public, militer pour le droit des « sans-papiers » ou des mal-logés, et être un véritable tyran domestique, jaloux, pervers et menteur. Ces tares étaient celles de son compagnon, découvrit Sidonie. Son père était son père ; il l'aimait, mais mal, au point de vouloir faire son bonheur (et le sien) malgré elle. Gérard Lérin l'aimait sans doute, mais il voulait uniquement son propre bonheur en l'humiliant et en la dévalorisant.

Sidonie partit un matin du domicile commun et ne revint pas.

Les punchs étaient prêts. Sidonie reposa le manuel de droit, chassa les souvenirs réactivés par la situation de Denis et alla vers celui-ci. Debout, sourire enjôleur et œil de velours, il lui tendit un verre.

Ils burent les deux premières gorgées face à face, les yeux dans les yeux.

– Tu es vraiment très belle, complimenta Denis.

Sidonie ne se trouvait pas particulièrement belle.

Elle n'aimait pas son teint clair, ses lèvres qu'elle jugeait trop minces et ses petits seins. Nonobstant, elle était consciente de son charme et de l'attrait de ses appas. Le compliment du barman étudiant était sincère, et en dépit de sa propre opinion sur elle-même, elle le remercia d'un regard engageant.

Denis prit le verre de la jeune femme et le posa sur la table avec le sien. Puis, il saisit le bout des doigts de Sidonie et l'attira doucement vers lui. Les deux corps se collèrent l'un à l'autre, les lèvres s'effleurèrent quelques instants comme pour bien marquer la solennité du moment avant de se joindre en un baiser fougueux, passionné, qui préfigurait l'ardeur de l'étreinte à venir.

Le jeune homme couvrit de baisers le cou et les épaules de sa partenaire, ses mains palpaient les seins et la rondeur des fesses à travers le fin tissu de la robe. Sidonie s'abandonnait. Le jeune homme fit glisser les bretelles de la robe sur les épaules, la robe sur les hanches puis le long des jambes. Fébrilement, il déboucla sa ceinture, zippa sa fermeture Éclair et dans un même élan fit tomber son pantalon et son caleçon au sol. Sidonie constata qu'il était déjà prêt à l'action : sa superbe queue pointait à l'horizontale. Sidonie retira son string et son soutien-gorge pendant que l'homme jetait sa chemise derrière lui.

Enlacés, bouches soudées, mains palpant les corps, l'homme et la femme échouèrent sur le canapé.

Sidonie enserrait la queue à pleine main et la branlait. Denis caressait un sein et en suçotait le mamelon.

– Tu es super-bandante, s'extasia-t-il entre deux pincements de la pointe des seins.

– Je vois et je sens. C'est du ferme et du solide, ton engin. J'y goûterais bien, histoire d'avoir un avant-goût de la chose.

La jeune femme s'agenouilla entre les jambes de l'homme. Le braquemart sous le nez, elle le dorlota de ses doigts fins tels un petit animal qu'elle apprivoise. La bite était de bonne taille ni énorme ni fluette. Le gland joufflu resplendissait de santé et semblait joyeux. L'image d'un gland joyeux amusait Sidonie. C'était absurde et pourtant vrai. Certains hommes ont la queue tristounette, ils bandent dur mais à y voir de près, leur zézette n'est pas rieuse. Celle de Denis avait l'air d'une fofolle qui ne pense qu'à s'amuser. En plus d'être joyeuse, elle devait être curieuse. Elle sautillait et palpitait, impatiente d'explorer un nouveau cul, de jouer avec un minou inconnu.

« C'est pas tout ça ! Je ne suis pas là pour faire une étude psychologique sur les différents types de pines. » se bouscula Sidonie.

Elle pipa avec entrain et virtuosité. Elle avait fait son apprentissage sur le tard. Déflorée à dix-huit ans par un gamin de seize ans, elle avait attendu son dix-neuvième anniversaire pour sucer autre chose que des glaces à la vanille. L'appétit vient en mangeant, dit-on. Les années passant, il était évident qu'elle avait dégusté plus de quéquettes que de glaces. À cet égard, son passage aux Beaux-Arts avait été formateur. N'allez pas croire que cette pépinière d'apprentis artistes dispense des cours du soir sur l'art de la pipe à travers les âges ou que les susdits apprentis soient des adorateurs de dame Turlutte. Non ! Statistiquement, on ne dégorge pas plus de poireaux dans l'enceinte de cette vénérable école que dans toute autre institution (mais faut-il toujours croire les statistiques ?)

Comme les Shadocks, Sidonie pompait, pompait. Sa langue roulait autour du gland, ses lèvres serraient la hampe et glissaient de sa base jusqu'à la pointe de la verge, sa main stimulait le plaisir par un délicat massage des couilles qu'aucune experte ès fellations ne doit négliger.

Denis exultait de tant de félicité.

Ô Divine Nature qui m'a donné une queue et la bouche qui va avec !

Soit loué Dieu du Ciel – Allah, Yahvé ou Vishnou – qui nous permet d'avoir un avant-goût des délices du Paradis qui nous attend là-haut.

Le paradis musulman promet quarante vierges, c'est peu pour l'éternité... Combien le Dieu des chrétiens en offre-t-il ? La Bible n'en dit rien. Grave omission. Avec une surenchère de dix vierges, les églises se rempliraient à nouveau. Dans le doute, peut-être valait-il mieux opter pour l'Islam ? Tiens ! À propos, qu'est-il prévu pour les femmes ?

Quarante verges ? Ce serait mesquin… Certaines femmes en alignent bien plus au cours de leur vie terrestre.

En attendant d'avoir des réponses à ces questionnements théologiques, Denis était fort satisfait de sa condition de mammifère. Vraiment une trouvaille géniale, la reproduction sexuée ! Dieu est un génie ! C'est vrai qu'en créant Adam avec une bite, il se devait de trouver une utilité à cet appendice.

Eve suçait-elle Adam avec autant de maestria que Sidonie suçait Denis ? Denis n'avait pas la réponse. Il savait que Loth avait baisé ses filles, qu'on se sodomisait à Sodome et se *gomorrhisait* à Gomorrhe, que Jésus avait peut-être succombé aux charmes de Marie-Madeleine, mais qu'en était-il d'Ève et d'Adam ? Pipe or not pipe ?

Toute à sa prestation, Sidonie n'avait aucune idée des pensées qui traversaient l'esprit de l'homme dont elle avait la queue en bouche. Assurément, il planait. Le sourire béat et sa verge en béton, révélaient qu'il n'était pas loin d'atteindre la limite de l'attraction terrestre au-delà de laquelle il naviguerait vers le Septième Ciel sans possibilité de retour.

Malgré son entraînement régulier, Sidonie fatiguait des mandibules. Mais surtout, son con réclamait ses vingt centimètres de queue. Sucer un bâton de joie est bien agréable, se le faire mettre profond l'est encore plus. Denis inversait les termes : se faire sucer la tige est bien agréable, la planter dans une foufoune douillette l'est encore plus.

Les désirs se complétant idéalement, Sidonie enfila une capuche sur popaul et enjamba son partenaire. Elle s'accroupit comme une pisseuse, abaissa le bassin et introduisit le membre dans la fente prévue à cet effet. Elle s'excita le clito, glissa la queue sur les bords humides et par un mouvement de va-et-vient vertical du pubis fit coulisser le pieu en elle. Elle inclina la tête pour voir son entrecuisse. Elle aimait voir en même temps que sentir, cette tige de chair la pénétrer. Elle modulait le rythme et l'ampleur de la pénétration au gré de son plaisir. Aux phases longues et rapides succédaient les caresses subtiles du gland à l'orée de la vulve. Lorsque l'excitation devenait insoutenable, Sidonie fléchissait les genoux jusqu'à sentir le chibre l'emplir et la défoncer. C'était sublime. Elle se sentait femelle, animale, salope…

L'orgasme survint par surprise, enfin presque. Quelques spasmes l'en avertirent mais malgré tout, elle ne s'attendait pas à ce que l'explosion se produise si rapidement après la première étincelle.

Denis avait un temps de retard. Il profita de la langueur post-orgasmique de sa partenaire pour prendre l'initiative. Il invita Sidonie à se mettre à quatre pattes, ce que la jeune femme fit volontiers. L'alternative était simple : soit il la prenait classiquement en levrette soit il la sodomisait (quoique la sodomie soit devenue également un classique du genre). Sidonie avait une préférence pour la seconde option. Tous ses orifices seraient ainsi comblés. Elle fut exaucée. Denis l'encula divinement et elle compléta ainsi le panel de ses plaisirs. L'homme se retira avant d'éjaculer et libéra popaul de sa capuche. Sidonie se retourna et l'observa se terminer à la main, bite pointée au-dessus de ses seins. La jeune femme prit le relais et se livra à la branlette libératoire. Elle admira les deux jets successifs de sperme qui retombèrent sur ses mamelons.

Les deux amants restèrent pantelants quelques instants. Denis reprit son verre de punch et commenta :

– Quelle séance !

– Eh ! C'est l'entracte, Denis. Tu ne crois pas que c'est une pièce en un acte ? plaisanta Sidonie.

– Elle s'appelle comment, ta pièce ?

– Les Quatre Cents Coups.

Amusée par son propre humour scabreux, Sidonie éclata de rire. Elle dégusta une gorgée de punch et reprit :

– Je blague, Denis. Je préfère la qualité à la quantité. Ceci dit, c'était une séance de qualité. D'autant plus agréable qu'elle était imprévue.

– C'est vrai… Tu voulais que je parle de Marc Venieux. Pourquoi tu t'intéresses à ce bonhomme ?

– Je te l'ai dit : il m'avait promis un job à la Mairie.

– Ah, oui… Remarque, il ne sait pas ce qu'il perd. Note bien qu'il s'en fout.

– Je sais. Tu m'as dit que je n'étais pas son genre de femme.

– Ça, c'est sûr. Il te manque quelque chose…

– Quoi ? Il aime les blondes à très forte poitrine ou les nanas à gros cul et au gazon dru ?

– Non. Il te manque ça ! répondit Denis en désignant sa queue flapie.

– Il est pédé ?

– Pas exactement mais il aime les femmes membrées, le troisième sexe, les transsexuels, si tu préfères. Alors, tu vois, ta belle petite chatte, il s'en contrefout. Note bien que des secrétaires *trans* on ne doit pas en trouver des masses dans les fichiers de Pôle Emploi.

– Il les trouve où, ses femmes queutées ?

– Je suppose qu'il les drague sur Internet.

– Ce sont des putes ?

Denis ne répondit pas. Il fixa Sidonie avec circonspection. L'intérêt de la jeune femme pour ce type l'intriguait de plus en plus.

– Dis-moi, Sidonie, dit-il, que cherches-tu exactement à savoir ? Je n'ai pas l'impression que c'est une place de secrétaire que tu vises…

Sidonie hocha la tête. Elle hésitait sur la tactique à utiliser : persévérer dans son bobard ou avouer en partie ses véritables intentions ? Denis n'était pas un imbécile. D'ores et déjà, il avait subodoré le mensonge. La jeune femme décida de l'affranchir a minima :

– Écoute, Denis, je ne cherche pas de poste de secrétaire. Je travaille pour le compte d'une cliente qui a besoin de renseignements sur la vie de ce type.

C'est dans le cadre d'une enquête privée concernant la gestion de la mairie.

– Tu n'es pas flic, au moins ?

– Non.

– Alors, tu es détective privé ?

– Je travaille en free-lance.

– C'est qui ta cliente ?

– Je ne peux pas te donner de nom. Mais c'est une femme qui a les moyens de payer de bons renseignements. Tu comprends ?

Denis acquiesça. Sidonie fut plus explicite et précisa sa proposition :

– Si tu me fournis des infos correctes, tu seras gratifié. Deux cents euros par-ci, deux cents euros par-là, ce n'est pas à négliger. Et ça peut aller jusqu'à cinq cents si tu me rapportes des trucs très intéressants.

Denis cogita en accompagnant sa réflexion de petits coups de menton.

– Si ta cliente est prête à raquer, ça doit être du sérieux, dit-il après quelques secondes de silence.

Sidonie le conforta dans cette appréciation :

– C'est du sérieux mais je ne peux pas t'en dire plus.

– Oui, bien sûr… Je comprends, affirma Denis qui débattait avec sa conscience et son compte bancaire. Il trancha rapidement : je sais pas mal de choses… Au Henry's, j'entends et je vois beaucoup de beau monde. De plus, j'ai un pote qui travaille à la mairie.

Sidonie se retint d'exprimer sa satisfaction avec

trop d'ostentation.

– Parfait, on va pouvoir s'entendre, dit-elle, tu ne le regretteras pas, et en plus, c'est pour une bonne cause. Dis-moi ce que tu sais sur Venieux, relança-t-elle sans transition. Tu disais qu'il aimait les transsexuels… Ce sont des putes ?

– Oui, je pense.

– Où les voit-il ? Dans un hôtel ?

– Je ne sais pas…

La jeune femme fit la grimace. Elle avala une longue rasade de punch en fixant Denis.

– Écoute, je ne peux me contenter de vagues renseignements, asséna-t-elle ; il me faut des faits précis et vérifiables.

– Oui, acquiesça Denis. J'en ai un, annonça-t-il après un bref temps de silence. Je sais qu'il fréquente régulièrement un *trans*.

– Tu es sûr ?

– Ouais, je les ai vus plusieurs fois ensemble dans une boîte homo. Le *trans* est un habitué. Je peux le retrouver…

– Eh bien, c'est parfait. Ramène-moi tout ce que tu peux récolter comme infos sur Venieux et sa poule à queue.

– Tu peux compter sur moi, l'assura Denis.

Il était comblé. Cette nana était une bombe sexuelle. De plus, elle lui vidait les bourses et remplissait son compte bancaire. « je suis un *euros-homme* » estima-t-il. Puis avisant que son sexe manifestait quelque raideur prometteuse, il annonça :

– Je crois que l'entracte est fini. Les Quatre Cents Coups reprennent. Il nous reste encore trois cent quatre-vingt-dix-neuf coups à tirer. En scène, Sidonie !

CHAPITRE VI

Roger Dallant, l'expert scientifique haut de gamme des Affaires Spéciales, entra dans le bureau de Gribovitch et Leclerc. Il les salua d'un « salut, collègues ! » en déposant son sac à dos de ville sur le sol et son casque de moto sur un coin du bureau de Leclerc.

– Toujours ponctuel, commenta Gribovitch.

– Eh oui ! Pour traverser Paris, il n'y a pas mieux que le scooter. Hormis un tapis volant.

– Ouais… D'autant qu'il n'y a pas de permis pour conduire un tapis volant et qu'il n'y a pas à passer à la pompe.

– Et pas de vol ni de P.V., enchaîna Dallant, on roule le tapis, on se le met sous le bras et on rentre à la maison.

Sophie se manifesta :

– Eh, les gars ! Quand vous aurez fini de délirer sur les avantages respectifs du tapis volant et du scooter, on pourra peut-être commencer à bosser.

– Pas de panique, Sophie, répliqua Dallant, tu vas

bosser. J'ai tout ce qu'il faut pour ça. Et Anne doit aussi rappliquer avec des infos sur feue Géraldine Marcier.

L'expert saisit son sac à dos et en sortit un dossier. Il se posa à califourchon sur une chaise, les bras en appui sur le dossier.

– Géraldine Marcier, répéta-t-il, vingt-trois ans, prostituée, assassinée chez elle. Elle était nue, allongée en décubitus dorsal sur son lit, les jambes écartées de quarante-cinq degrés et les bras étendus au-dessus de la tête formant un angle identique. Elle a été d'abord étranglée, puis frappée d'un coup de couteau dans la région du cœur, juste sous le sein gauche. Elle était déjà morte quand le tueur l'a poignardée.

– Étrange mode opératoire, pointa Leclerc.

– Oui, c'est assez particulier, admit Dallant qui reprit son exposé : elle a mangé une heure avant – hamburger, frites, cookies et bière. Pas de traces de rapport sexuel récent. À part cela, j'ai constaté des hématomes sur le corps et le visage, ce qui laisse à penser qu'elle a résisté.

– C'est tout ?

– Eh oui, Sophie. Pas de traces d'ADN ni d'empreinte digitale suspecte. Pas d'effraction sur la porte d'entrée. Le tueur a fait du beau travail.

– Oui, soupira Gribovitch. Et en plus, l'enquête de voisinage n'a rien donné. Et les symboles sur le mur ?

– Ah, oui. J'allais en parler. Tenez, je vous ai

apporté des photos de la scène du crime… Ils ont été tracés avec le sang de la victime, poursuivit Dallant pendant que Gribovitch et Leclerc examinaient les clichés. Le tueur a utilisé le coin d'un drap.

Gribovitch et Leclerc examinèrent les photos. Gribovitch fut le premier à donner son avis :

– Une étoile à cinq branches, une tête de chèvre… C'est plutôt rudimentaire comme dessin.

– C'est un bouc, corrigea Dallant, le symbole du pécheur, il représente le Diable.

– Ce sont des symboles sataniques basiques, jugea Gribovitch.

– Je me suis fait la même réflexion, déclara Dallant.

– Effectivement, cela peut apparaître comme une mise en scène grossière, renchérit Leclerc. Ça pourrait être un petit futé qui a voulu maquiller son acte en crime de détraqué. Mais après tout, le tueur n'est peut-être qu'un débutant dans la pratique du satanisme.

Dallant était favorable à la première hypothèse qu'il étaya en soulignant qu'aucun autre assassinat similaire n'avait été perpétré. Le mode opératoire et la signature du tueur (les symboles et la position du corps) étaient nouveaux.

Anne Baroux entra dans le bureau au moment où Dallant expliquait qu'un tueur psychopathe violait ou – s'il en était pas physiquement capable – se livrait à des sévices sexuels sur sa victime (objet enfoncé dans l'anus ou le vagin, mutilations du sexe, des seins ou du visage…). La technicienne de pointe de l'équipe salua à la ronde d'un geste de la main et entra dans la discussion avant même de s'asseoir :

– Tu as raison, Roger. Un tueur détraqué viole et mutile. Souvent, il fait les deux. L'assassin de Géraldine Marcier n'a fait ni l'un ni l'autre.

Gribovitch était adossé à son siège et affichait un air pensif. Il prit la parole en baissant les yeux sur son bureau où reposait l'une des photos de la morte :

– Tous les quatre, nous avons la même impression : nous doutons qu'il s'agisse d'un sadique. On peut supposer que l'unique coup de couteau frappé après la strangulation était uniquement destiné à recueillir le sang utilisé pour dessiner les symboles sataniques. Et si le tueur s'est donné la peine de maquiller son crime et tenté de détourner l'enquête sur la piste d'un tueur en série, c'est qu'il se sent vulnérable parce que relativement proche de sa victime.

– C'est l'évidence, Alex, releva Baroux. Cela dit, j'ai travaillé sur les *fadettes*[1] et le compte bancaire de la morte. En dehors des communications de la vie courante, j'ai une courte liste de numéros de téléphone de clients éventuels : Un chef d'entreprise, un avocat, un juge, un notaire et bien entendu, Deniut, le maire. Par ailleurs, j'ai repéré un nom qui va vous intéresser. Il s'agit d'une certaine Catherine Marvil, une pute reconvertie dans les affaires. Elle gère une

1 Factures détaillées des communications téléphoniques.

agence de mannequins. Vous voyez le truc ?

– La couverture idéale d'un réseau de call-girls, formula Leclerc.

– Plutôt usée jusqu'à la corde, cette couvrante, remarqua Gribovitch.

– Peut-être, mais ça fonctionne encore, soutint Baroux. Une ex-pute qui gère une telle agence et une pute en activité qui lui téléphone, ça pue l'organisation d'un réseau de prostitution haut de gamme… Mais c'est votre boulot de le prouver.

– Je te l'accorde, Anne, concéda Gribovitch. On va s'en occuper.

CHAPITRE VII

Betty était à cran. Le sourcil froncé, les lèvres serrées et la mâchoire inférieure contractée, elle allait et venait sur la terrasse à petits pas nerveux. Elle ne pensait pas à boire sa vodka et serrait son verre sans même s'en rendre compte. Le soleil radieux et la douce chaleur de cette fin de journée n'apaisaient pas sa colère.

Allongée sur un transat, Sidonie – qui ne portait que le bas d'un maillot de bain – suivait ses va-et-vient avec appréhension. Elle craignait les fureurs de Betty et éprouvait en même temps un plaisir malsain à être témoin de ces emportements qui révélaient la vraie personnalité de sa compagne. Betty n'était jamais aussi séduisante et splendide que dans ces instants où une froide colère la possédait. L'adversité, les obstacles dressés sur la route de sa volonté, la stimulaient. Le combat annoncé mobilisait toute son agressivité. Elle avait la beauté d'un fauve qui a flairé une proie et s'apprête à partir en chasse. C'était un requin qu'une goutte de sang met en alerte.

Il est vrai qu'elle avait quelques raisons de se mettre en rogne.

Sidonie lui avait raconté son entretien avec Venieux. Betty lui avait fait répéter plusieurs fois ce que le conseiller du maire lui avait dit à propos de la Ferronnerie, en exigeant exactitude et précision au mot près. Elle avait soupesé chaque terme, en avait envisagé toutes les interprétations, et était arrivée à la conclusion que Deniut ne lui concéderait pas La Ferronnerie.

– Ce salaud, veut m'entuber ! rageait la patronne d'Immo Nova. Après tout ce que j'ai fait pour lui, il me lâche… il oublie un peu vite que j'ai financé une grande part de sa campagne électorale.

Sidonie évita de rectifier cette dernière assertion. Certes, Betty avait apporté sa contribution au soutien du candidat Deniut mais elle était loin d'être à la hauteur de ce que le maire attendait. Sidonie choisit de temporiser ; elle expliqua que Venieux n'était pas Deniut et qu'il avait peut-être déformé la pensée de son patron. Elle rappela que le conseiller avait dit que rien n'était encore décidé. La jeune femme se doutait que ses arguments, pourtant judicieux, ne seraient pas entendus. Avec un brin de perversité, elle espérait même qu'ils n'apaiseraient pas le courroux de Betty. Et en effet, celle-ci réagit avec véhémence :

– Ma pauvre petite Sido, tu es vraiment naïve ! Je les connais, tous ces politiciens, ils t'utilisent et te jettent quand ils n'ont plus besoin de toi. Venieux n'a pas parlé à la légère. S'il t'a dit que ce n'est pas encore décidé – ce que son patron m'a déjà dit lors de sa réception de merde – c'est que cet enfoiré de maire me prépare un coup de Trafalgar.

Betty baissa les yeux sur son verre et le contempla comme si elle le découvrait. Elle avala d'un coup sa vodka. L'alcool lui brûla l'estomac. Soudain frappée par une révélation, elle reprit :

– Je sais que ce fumier de Luis Oliveira est sur le coup. Tu peux être sûre, c'est lui qui décrochera La Ferronnerie. Depuis quelque temps, Deniut lui fait les yeux doux. Tu peux être certaine qu'ils vont s'entendre sur mon dos. Deniut a fait une erreur… S'il croit que je vais me laisser faire, il se goure…

Betty rumina cette idée pendant de longues minutes silencieuses. Son verre vide en main, elle arpentait la terrasse. Sidonie la vit revenir vers elle et se planter au bout du transat. Elle comprit que Betty en avait fini avec Deniut, Venieux et Oliveira.

– Et toi, pauvre conne ! attaqua-t-elle, tu n'as même pas été capable d'aller dans le lit de Venieux.

– Je t'ai dit qu'il n'aimait pas les femmes…

– Oui, je sais, tu me l'as dit, il préfère les transsexuels, et alors ?

Sidonie resta sans voix. Que répondre ? Qu'elle n'avait pas de bite ? Betty le savait.

– Et comment tu l'as su ? questionna Betty.

– Je t'ai expliqué, c'est le barman du Henry's…

– Ah, oui… Le loufiat du Henry's, répéta Betty avec un petit rictus. Denis, c'est ça ?

– Oui, c'est son prénom.

– Et qu'est-ce que tu lui as fait, pour qu'il te livre le petit secret de Venieux ?

– Rien, j'te jure. On a causé au bar, affirma Sidonie en s'efforçant de soutenir le regard de Betty.

Peine perdue. Betty n'était pas dupe. Même si elle n'avait aucune preuve, elle devinait que sa partenaire avait couché avec le barman. Son intuition était sans faille. Elle lisait dans les pensées de Sidonie. Son sixième sens détectait le moindre mensonge. Fort de cette conviction, elle enchaîna :

– Bon ! Raconte ! Où t'a-t-il baisée ? Dans l'arrière-salle ? Sur le comptoir ?

– Mais non ! protesta Sidonie.

– Et vous avez discuté tranquillement autour d'un verre ? Il n'aime pas les femmes, lui aussi... ? Tu me prends pour une conne. Je sais qu'il t'a baisée, asséna Betty en appuyant sur chaque syllabe. Avoue !

Sophie était comme une petite fille devant son papa. Enfant, elle croyait son père doté du pouvoir de lire dans sa tête et était convaincue qu'il savait tout ce qu'elle faisait même quand il était loin d'elle. Avec l'âge, de même qu'elle avait cessé de croire au Père Noël, elle avait compris qu'il n'en était rien. N'empêche, Betty avait le pouvoir de la mettre à jour.

– Oui, avoua Sidonie sur le ton d'une fillette qui reconnaît sa faute auprès de son confesseur.

Et le confesseur, savait-elle, ne se contenterait pas de lui donner l'absolution en contrepartie de trois

Pater Noster et quatre Ave Maria.

Un sourire vorace illumina le visage de Betty qui savourait son triomphe. Toutefois, elle n'avait pas l'intention de s'en tenir à cet unique aveu. Elle poursuivit :

– Raconte, petite salope ! Je veux tout savoir dans le détail. Attends !

Betty se dirigea d'une allure décidée vers l'entrée de la maison où elle disparut. Elle revint trois minutes plus tard en dissimulant une main dans son dos. Elle reprit sa position face à Sidonie, lui tendit un godemiché et expliqua ce qu'elle attendait :

– Vas-y ! Raconte et illustre avec ce bidule !

Sidonie saisit l'objet et le manipula en le contemplant d'un air absent. Betty la rappela à l'ordre et, après un moment d'hésitation, la jeune femme obtempéra.

– Je l'ai d'abord sucé, dit-elle.

– Suce ! ordonna Betty.

Sidonie s'exécuta. Le phallus en silicone n'avait rien d'excitant. C'était une bite frigide, sans réaction, sans chaleur. La jeune femme faisait coulisser mécaniquement le gode entre ses lèvres.

– Eh ben ! Tu n'es pas très douée, railla Betty. J'espère que tu as mis plus de cœur pour piper ton barman. Laisse tomber la turlutte… Ensuite ?

– Ensuite, il m'a baisée.

Sidonie écarta la bande de tissu qui couvrait son entrejambe.

– Enlève ton slip ! commanda Betty. Je suppose

qu'il a pris le temps de te déculotter avant.

La jeune femme acquiesça, fit glisser la culotte le long de ses jambes qu'elle écarta avant de frotter l'extrémité du gode le long de sa fente. Sa minette n'était pas encore éveillée ; Sidonie ferma à demi les yeux et se concentra. Elle caressa son clito qui aussitôt réagit. Elle poussa un doigt dans son intimité. Le minou s'ouvrait et commençait à baver.

Face à sa compagne, Betty fixait un regard ébloui sur la foufoune et suivait chacun des gestes de la jeune femme.

De deux doigts, Sidonie écarta les bords de sa vulve et enfonça le gland du gode en gémissant. Le plaisir qu'elle lisait dans les yeux de Betty l'excitait. Elle se prit au jeu. Cuisses largement ouvertes, elle fit glisser le gode au fond de son vagin. En définitive, le braquemart artificiel n'était pas désagréable. Il remplissait bien son office de substitut.

Betty défit le cordon qui fermait son peignoir en soie et laissa glisser le vêtement au sol. Tout en contemplant le va-et-vient du gode savamment guidé, elle se caressa les seins d'une main pendant que le majeur de son autre main excitait le bourgeon enfoui en haut de sa fente.

Si Sidonie simulait la jouissance, c'était une imitation parfaite. Betty s'approcha de sa partenaire ; contempler ne lui suffisait plus. Elle s'agenouilla et suça le clito de la jeune femme qui continuait à manier le gode. Sidonie se sentit partir. Le plaisir de la pénétration et la langue de sa partenaire léchant son petit bouton lui procuraient une indicible satisfaction. Elle était à la limite de l'orgasme. Soudain, Betty se redressa et saisit le gode ; mais au lieu de prendre le relais, elle le retira, interrompant brutalement la montée de plaisir de Sidonie.

Un sourire sadique aux lèvres, Betty dévisagea sa partenaire et lui dit :

– Tu ne pensais pas que j'allais te laisser jouir, petite pute ! Tu as foiré ta mission avec Venieux et en plus tu t'es fait mettre par ton barman sans mon autorisation. Tu as gravement fauté. Tu le sais ?

– Oui, Maîtresse.

– C'est bien… Malgré tout, tu es une bonne fille…

Sidonie jeta un regard en coin sur Betty. Ce soudain revirement l'intriguait. Betty s'amusa de sa surprise.

– Mais oui, ma petite Sido, tu es une bonne fille. Je ne t'en veux pas d'avoir loupé Venieux. Et puis, laisse tomber ton barman. C'est un tocard. Il va te raconter des conneries pour palper du fric et continuer à te baiser.

CHAPITRE VIII

Gribovitch écrasa sa Gitane sur le talon de sa chaussure. Il rangea la cigarette à demi consumée dans son paquet (au prix du dit paquet, il n'était pas question de gâcher la marchandise). Il était devant l'entrée d'un bel immeuble haussmannien. Deux atlantes ornaient le porche, le hall était dallé de marbre et, décorant les parois, deux panneaux en faïence représentant des hérons et des roseaux se faisaient face.

Parmi une liste de noms de sociétés, de cabinets d'avocats et d'experts comptables, affichée sur un tableau, le policier repéra le nom de l'agence de mannequins : Victoria. Troisième étage, gauche, spécifiait la plaque.

Gribovitch évita l'ascenseur qui avait dû charger des contemporains de l'entre-deux-guerres, et préféra l'escalier recouvert d'un tapis grenat qui, s'il avait essuyé les semelles des témoins de la fin du Second Empire, lui inspirait plus de confiance.

À l'accueil, la jeune réceptionniste était bien du

vingt et unième siècle. Blonde, les yeux bleus, elle portait un tee-shirt parfaitement adapté à la morphologie de ses seins.

– Madame Catherine Marvil ? s'enquit le policier.

– Vous avez rendez-vous ? s'informa la demoiselle en laissant entendre que ce point était crucial pour approcher sa patronne.

– Non, mais elle ne sera pas étonnée de me voir et je suis sûr qu'elle se fera un plaisir de me recevoir dans la minute qui suit.

– Vous n'êtes pas représentant en lingerie ?

– Ben non, Mademoiselle… J'en suis navré, je n'ai aucun soutien-gorge, string ou petite culotte à dentelles à vous proposer… Moi ma spécialité, c'est plutôt le linge sale…

Pour mettre un terme à ce dialogue égaré, Gribovitch présenta sa carte d'OPJ sous le joli nez retroussé de la jeune fille.

Ainsi que Gribovitch l'avait pronostiqué, la patronne de l'agence Victoria le reçut sans qu'il ait à patienter plus d'une minute.

Catherine Marvil aurait pu figurer sans démériter dans le catalogue de sa boîte parmi les filles sublimes qu'elle drivait. À quarante-six ans, elle ne craignait pas la concurrence de femmes plus jeunes. Grande, brune à cheveux mi-longs, svelte et racée, de longues jambes gainées de soie, elle portait un tailleur bleu nuit coupé sur mesure. Une femme de grande classe que Gribovitch avait du mal à imaginer tapinant à la Madeleine dix ans auparavant.

Toutefois, ce passé avait bel et bien existé. Issue d'un milieu modeste, Catherine Marvil s'était très tôt lancée dans le commerce de ses charmes. Intelligente, opportuniste, la jeune femme sut naviguer dans ce marigot sans y laisser de plumes. Une ombre pourtant, dans cette carrière presque parfaite : le meurtre d'un souteneur pour lequel elle avait été inquiétée. L'homme, une crapule, avait été perforé au 9 mm Para Bellum. Les enquêteurs avaient soupçonné la jeune pute d'avoir commandité le crime. Faute de preuve, aucune charge n'avait été retenue contre elle.

Le bureau de Catherine Marvil n'avait rien de luxueux. Le mobilier était sobre et fonctionnel, des photos de mannequins étaient affichées aux murs, le bureau était encombré de paperasses, de photos, de dossiers et de press-books, ce qui laissait supposer que la directrice de l'agence ne chômait pas. Et pour confirmer cette impression, le téléphone sonna. Catherine Marvil décrocha et ordonna à la réceptionniste de bloquer les appels jusqu'à la fin de son entretien avec son visiteur impromptu ; puis, elle s'installa dans son fauteuil et s'adressa au policier :

– Voilà, nous sommes tranquilles pour discuter... Enfin, pour répondre à vos questions... Je suppose que vous voulez m'interroger sur Géraldine.

– Exactement. Comment avez-vous deviné que je venais pour elle ?

– Parce qu'elle a été assassinée et qu'elle a émargé un temps dans mon agence. De plus, vu mon passé, il aurait été étonnant que vous ne veniez pas me voir.

Gribovitch apprécia la sagacité de son interlocutrice. Il opina et se lança dans l'interrogatoire :

– Géraldine Marcier travaillait-elle toujours avec votre agence ?

– Plus ou moins… De temps à autre, elle me téléphonait pour savoir si j'avais besoin d'elle. D'autres fois, je l'appelais.

– C'est surprenant… Pourquoi avait-elle besoin de jouer le mannequin ? Les revenus de son activité principale devaient lui suffire.

Catherine Marvil haussa les épaules et donna son explication :

– Sans doute cela ne devait pas lui suffire, du moins psychologiquement. Et puis, Géraldine aimait le milieu de la mode… Elle adorait s'exhiber et défiler. Pour elle, c'était comme un divertissement.

Dubitatif, le policier hocha la tête et poursuivit :

– Saviez qu'elle était call-girl ?

– Je m'en doutais, répondit franchement la patronne de l'agence Victoria. Elle ne m'en parlait jamais directement mais c'était clair. Je ne m'en souciais pas, c'était ses affaires. En dehors de l'agence, les filles font ce qu'elles veulent. Je sais que certaines ont des petits amis fortunés. Certaines en changent assez régulièrement, ce ne sont pas des putes pour autant.

Catherine Marvil posait un regard tranquille sur le policier. Un petit sourire éclairait son visage et elle semblait s'amuser. Elle savait que le flic la soupçonnait d'être une entremetteuse. Elle souriait parce qu'elle n'avait pas de souci à se faire à ce sujet. Le policier pensait ce qu'il voulait mais il n'avait pas de preuve et n'en aurait pas. Il pouvait la questionner pendant des heures, il n'obtiendrait rien. Le système était au point, parfaitement étanche. La femme décida d'aborder le sujet de front :

– Vous savez, dit-elle, il y a un bail que j'ai quitté le milieu de la prostitution. Ma boîte marche bien. Le boulot me plaît, alors pourquoi irais-je chercher les emmerdes en organisant un réseau de call-girls ? C'est une idée que vous avez en tête, n'est-ce pas ? Vous vous dites : « cette ancienne pute s'est reconvertie en mère maquerelle », c'est ça ?

Ce fut au tour de Gribovitch de sourire.

– C'est effectivement une idée de flic, reconnut-il. Comment dirais-je ? C'est un peu une déformation professionnelle de chercher le mal dans tous les coins et recoins de la société. Et par expérience, on le trouve souvent là où on ne l'attendait pas. Alors, vous imaginez, une agence de mannequins tenue par une ancienne professionnelle, ça fait fantasmer le flic ambitieux que je suis. Imaginez que je mette la patte sur un réseau de prostitution de luxe, c'est la promotion de commissaire assurée.

Le sourire de Catherine Marvil se transforma en rictus amer.

– Ceci dit, ce n'est pas mon problème, la rassura Gribovitch. Pour l'heure, j'enquête sur le meurtre d'une jeune femme. Prostituée ou non, ça ne change rien. Mon but est de mettre la main sur son assassin. Ce qui m'intéresse, ce sont vos relations avec la victime et savoir ce que vous connaissez de sa vie... Et selon la formule quasi rituelle, le moindre détail peut avoir son importance.

La patronne de l'agence de mannequins donna son approbation en hochant la tête.

– Géraldine s'est présentée à l'agence il y a quatre ans. Elle débarquait de Nantes, sa ville natale. Je l'ai engagée immédiatement. Je n'ai jamais eu de problème avec elle... Elle était ponctuelle, très professionnelle.

– Avez-vous une idée sur ses relations, les gens qu'elle fréquentait ?

– Non. Il y a environ trois mois, je l'ai rencontrée à une soirée – un vernissage. Elle était en compagnie d'un homme mûr qu'elle m'a présenté comme un ami. Je ne sais que son prénom : William. Hormis ce type, je ne connais rien des relations de Géraldine. En fait, je ne sais rien d'elle. Nous n'étions pas amies ; elle ne me faisait pas de confidences sur sa vie et d'ailleurs je ne lui en demandais pas. En dehors de l'agence, les filles font ce qu'elles veulent et fréquentent qui bon leur semble. Leur carrière est généralement brève. Certaines arrivent à se caser, d'autres se font entretenir quelque temps, d'autres encore deviennent call-girls ou, quand elles n'ont pas l'envergure, simple pute. Mais la plupart, se reconvertissent très bien dans des métiers très honorables… Tenez, j'ai une fille de vingt et un ans qui prépare un master en économie. Dernièrement, j'ai eu la visite amicale d'une ancienne qui a décroché une agrégation de mathématiques…

– Belles, intelligentes et diplômées… égrena Gribovitch d'un ton rêveur.

– Eh oui, capitaine. On est loin du cliché de la poupée écervelée. Les mannequins d'aujourd'hui ont la tête et les jambes. Pour en revenir à Géraldine, je pense qu'elle a été victime d'un client… D'après les articles de presse que j'ai lus, ça ressemble à un crime de dingue…

– Effectivement, c'est ce que la presse rapporte.

– Et ce n'est pas ce que vous pensez ? s'étonna Catherine Marvil.

Gribovitch soupira avant de répondre :

– Vous savez, je n'ai pas d'a priori. Un tueur en série, un tueur occasionnel, un ou une proche de la victime, un règlement de compte, aucune piste n'est à écarter.

Le policier gratifia la patronne de l'agence Victoria d'un sourire un peu niais en se disant : « Toi, ma vieille, tu me prends pour un con. Tu as certainement quelques petites choses pas claires à cacher ». Il posa une dernière question :

– Donc, si je résume, vous ne savez rien ou pas grand-chose sur la vie privée de Géraldine qui puisse faire avancer l'enquête ?

– Non, désolée, je vous ai tout dit.

CHAPITRE IX

Sophie descendit l'Avenue de la Grande Armée en laissant l'Arc de Triomphe derrière elle. Au grand dam des écolos qui rêvent de transformer Paris en vélodrome, à dix-huit heures quinze, l'artère était saturée de véhicules. Sur les larges trottoirs, le flot des piétons était incessant. L'air était chargé de gaz d'échappement et vibrait d'un grondement sourd et continuel ; cela n'incitait pas à s'asseoir aux terrasses des cafés pourtant assaillies par de nombreux clients (Après tout, Paris en cité vélocipédique n'est pas une mauvaise idée, surtout si j'ai une dérogation pour rouler dans ma Clio écolo !).

La policière vira sur sa droite dans une rue étroite. Elle parcourut une centaine de mètres, s'arrêta devant l'entrée d'un immeuble moderne à la façade bardée de balcons uniformes en béton et appuya sur le bouton de l'interphone étiqueté *Martine*. La locataire attendait la visite de la policière et ouvrit immédiatement la porte d'accès à l'immeuble en indiquant qu'elle résidait au troisième étage.

Leclerc sortit de l'ascenseur et aperçut Martine Olbac qui l'attendait sur le pas de la porte de son appartement. L'amie de Géraldine Marcier était vêtue d'un tee-shirt et d'un jean noir. Cheveux noirs tirés en queue-de-cheval, yeux foncés, son visage ovale aux traits fins était pâle. La policière nota la tension de son expression et ses paupières rougies.

L'appartement comportait une pièce spacieuse, une cuisine et un cabinet de toilette. Le mobilier était fonctionnel : un canapé, une table basse, un lit, une commode et un secrétaire. Un téléviseur à écran plat et une chaîne stéréo étaient posés sur un meuble noir.

– Désolée de vous recevoir sur mon lieu de travail, s'excusa la prostituée, pour le moment, je ne peux pas retourner vivre dans l'appartement…

– Cela n'a pas d'importance, la rassura Leclerc. Vous viviez avec Géraldine Marcier ?

– Oui. L'appart appartenait à Géraldine et je participais aux frais. Nous vivions ensemble depuis un an, précisa Olbac avec une voix tremblante.

La jeune femme se posa sur le canapé, baissa un regard perdu sur la table basse, et essuya furtivement le haut de sa joue droite d'un revers de la main.

– Excusez-moi, dit-elle. Asseyez-vous, proposa-t-elle après un temps de silence, en désignant le canapé d'un coup d'œil. C'est affreux, je n'arrête pas de penser à Géraldine. C'était une fille si joyeuse, si généreuse… Je ne comprends pas…

La policière s'assit près de la jeune femme et l'interrogea :

– Vous n'avez aucun soupçon ? Géraldine avait-elle des problèmes ?

– Non. Aucun problème. Si elle en avait eu, je suis sûre qu'elle m'en aurait parlé. Nous étions très proches… On parlait de tout. Elle était née à Nantes, comme moi… Deux jours avant, on avait passé la journée ensemble à faire les magasins… Après on a été au ciné… On a parlé des vacances… Elle voulait aller en Espagne…

Olbac parlait d'une voix hachée et retenait difficilement ses larmes. Leclerc l'interrompit :

– Connaissez-vous ses clients ? Vous a-t-elle parlé de difficultés avec l'un d'eux ?

Olbac renifla, secoua la tête et répondit après quelques secondes de réflexions :

– Non, elle ne s'est jamais plainte d'un client… Je ne les connais pas… On évitait de parler boulot. Parfois, elle me racontait un truc sur l'un ou l'autre… Sauf un dont elle me parlait parce qu'il se déguisait en clown et qu'il la faisait rire.

– Elle vous a dit son nom ou son prénom ?

– Peut-être, je ne me souviens pas… Elle me racontait que c'était un patron de banque suisse qui venait régulièrement à Paris. Il lui disait qu'il aurait aimé travailler dans un cirque… Alors, il se déguisait en clown blanc ou en Auguste, c'était variable. Et il faisait le pitre et des tours de magie… Paraît qu'il était très fort… Qu'est-ce qu'on a pu rigoler quand elle me racontait ses séances avec ce type. Ah, oui ! Ça me revient, il s'appelle William. Enfin, c'est son prénom.

– Et à part ce William, rien sur les autres clients ? insista Leclerc.

– Non, rien, confirma la jeune femme. Vous savez, les clients de Géraldine sont des mecs friqués qui en veulent pour leur fric. Ils ont leurs manies, leurs exigences, ils veulent de la qualité et qu'on les traite comme ils le souhaitent, en roi ou en esclave. Non, Géraldine ne m'a jamais parlé d'un taré qui aurait pu l'inquiéter.

– D'accord… ponctua la policière. À part vous, Géraldine avait-elle d'autres relations amicales, hommes ou femmes ?

– C'n'était pas vraiment des amis… Vous savez, quand on est pute, c'est un peu comme si on avait la peste. On avait des amies communes, des putes comme nous. Quelques mecs, aussi.

La policière prit son carnet et un stylo qu'elle donna à son interlocutrice.

– Notez les noms, s'il vous plaît.

Olbac inscrivit une demi-douzaine de noms. Leclerc les lut à fur et à mesure que la jeune femme écrivait. Aucun ne lui était connu. Elle reprit son carnet.

– Vous n'avez pas mentionné Catherine Marvil, releva la policière. Géraldine la fréquentait pourtant…

Le nom de la patronne de l'agence de mannequins n'amena aucune réaction de la part d'Olbac. Toutefois, Leclerc perçut intuitivement que cette attitude était le fruit d'un contrôle forcé.

– Vous la connaissez ? relança Leclerc.

– Catherine ? répéta la jeune femme. Oui, bien sûr… Je la connais un peu.

– Quelles étaient ses relations avec Géraldine ?

Olbac resta silencieuse quelques instants, puis finit par dire :

– Je ne sais pas. Quand elle est arrivée à Paris, Géraldine a travaillé pour elle comme mannequin. De temps en temps, elle l'appelait pour savoir si elle avait besoin d'elle.

– Que pensez-vous de Catherine ?

Olbac baissa les yeux et contempla ses mains jointes entre ses genoux. Elle resta dans cette position pour répondre :

– Je la connais peu, redit-elle. Elle a fait le tapin comme moi… Maintenant, elle joue la bourgeoise…

– Vous n'avez pas l'air de l'apprécier.

Olbac haussa les épaules avec dédain. Et pour être certaine d'être bien comprise ajouta :

– Je me fous de l'apprécier ou pas. Puis après un silence, elle reprit : c'est elle qui a poussé Géraldine à faire la pute de luxe…

La policière sentit que l'amie de Géraldine était en veine de confidences. C'était un moment crucial tel qu'il en survient parfois dans un interrogatoire quand le suspect ou le témoin hésite à faire une révélation essentielle. Martine Olbac tourna vivement la tête vers Leclerc et la fixa en livrant ce qu'elle avait sur le cœur :

– Ne faites pas l'ignorante ! Vous êtes flic ! Vous ne croyez tout de même pas que cette pute de Catherine ne fait que fournir des mannequins. Son agence, c'est une façade. Bien sûr, toutes ses filles ne sont pas des putes. Mais elle a le nez pour flairer la nana fragile… Oh ! Elle ne les force pas, elle les manipule et les pousse en douceur à faire la pute…

– Ça c'est passé comment, avec Géraldine ? demanda Leclerc.

– Comme je vous le dis, ça s'est passé en douceur. Géraldine avait besoin de fric pour acheter un logement ; Catherine lui a proposé de faire l'escort girl pour un vieux bonhomme en l'assurant qu'il n'y avait rien d'autre à faire qu'à l'accompagner au restaurant et dans une soirée. C'était vrai. La vieille peau lui a fait le coup plusieurs fois. Géraldine était contente, c'était du fric facile. Puis un jour, plus rien… Comme Géraldine avait pris goût à la vie de luxe, elle a accepté une escorte complète, d'autant que ça rapportait trois fois plus que de jouer la sage dame de compagnie.

– Je comprends, dit Leclerc avant de poser la question qui l'intéressait : Géraldine continuait-elle à travailler pour Catherine ?

Olbac hésita avant de répondre :

– Je n'en suis pas sûre. Géraldine avait pris ses distances ; elle n'avait plus besoin de Catherine pour trouver des clients. La vieille peau l'avait mauvaise…

– Qu'est-ce que vous voulez dire ?

– Rien de plus. J'ai seulement surpris une conversation téléphonique. Géraldine l'a envoyée chier en lui disant qu'elle décrochait. Bien entendu, ce n'était pas vrai mais c'est ce qu'elle lui a dit.

– Vous pensez que Catherine aurait pu chercher à se venger ?

Il s'écoula une bonne dizaine de secondes avant qu'Olbac ne réponde :

– Je ne sais pas… Elle en est capable… Pas de la tuer, mais de l'intimider… Ça, c'est sûr.

Soudain, la jeune femme fondit en larmes. Surprise et désemparée, Leclerc passa un bras autour des épaules de la jeune femme et tenta de la réconforter.

– Elle me manque, se plaignit Olbac en posant sa tête sur l'épaule de Leclerc.

Les deux femmes restèrent ainsi, collées l'une à l'autre, Leclerc caressant doucement le bras d'Olbac.

– Merci, ça me fait du bien, murmura cette dernière. Tu sens bon… J'aime ton odeur.

Leclerc n'osa lui répondre qu'elle aussi appréciait son contact. C'était troublant. Ce fut Olbac qui poussa plus loin le rapprochement. Ses lèvres embrassèrent le cou de Leclerc, remontèrent derrière l'oreille pendant que sa main droite s'introduisait sous le chemisier.

Le premier baiser fut fougueux, les deux femmes s'enlacèrent, explorèrent leur corps à travers leurs vêtements dont elles se départirent en quelques mouvements rapides et fébriles.

Olbac avait un fort besoin de caresses. Elle gémissait et se pâmait littéralement lorsque sa partenaire suçotait ses mamelons. De longs frissons parcouraient son corps. Elle avait des seins charnus et chauds, excitants au possible. Elle désirait aussi que l'on s'occupe de son minet et cabra les reins pour appeler les doigts à la fouiller.

Leclerc s'y employa, d'un majeur expert d'abord, puis de la bouche et de la langue, également expertes. C'était un plaisir divin de brouter cette chatte qui mouillait d'abondance et réagissait furieusement aux coups de langue et à la pénétration d'un doigt stimulant le point G. Et le clitoris n'en pouvait plus. Le petit coquin en redemandait. Un affamé. Leclerc s'attarda dessus, arrachant à sa partenaire des couinements de truie en rut et des convulsions hystériques du cul. Le nez dans la foufoune, Leclerc s'attendait à une jouissance sismique. Mais sa partenaire ne voulait pas décoller seule. Elle invita Leclerc à se mettre au-dessus d'elle, tête bêche, afin qu'elles puissent se gougnouter de concert.

Et ce fut une dégustation parallèle de moules en folie. Rapidement, les deux femmes trouvèrent le bon tempo et accordèrent leurs violons. Olbac connaissait sa partition et utilisait sa langue avec la virtuosité d'un violoniste maniant son archet.

– Ouiiiii… ! s'exclama soudain Olbac en tressaillant de bonheur.

Leclerc eut ensuite droit à des léchouilles habiles

de son entrejambe. Sa partenaire maîtrisait parfaitement son sujet ; elle avait le sens inné du cuni et sa langue vive et précise folâtrait le long de la fente, s'immisçait en elle, flattait le bourgeon de joie… Ravie, Leclerc perdait la tête ; elle souhaitait que ces instants voluptueux se prolongent indéfiniment. Son sexe était un volcan en ébullition. La lave de son plaisir bouillonnait dans le tréfonds de ses entrailles, prête à jaillir. Instinctive et intuitive, sa partenaire la caressait magnifiquement aux endroits précis où l'excitation était extrême.

Ce fut un bel orgasme, long et intense, qui laissa Leclerc pantelante et reconnaissante.

CHAPITRE X

Griffon mâchouillait un capuchon sans conviction. Maussade, renfrogné, il écoutait Gribovitch et Leclerc qui lui exposaient les premiers résultats de leur enquête.

– Ce n'est pas folichon, ce que vous me rapportez, ronchonna le patron des affaires spéciales.

– Nous en convenons, Patron, reconnut Gribovitch. Nous avons exploré la piste des clients. Sur les dix types que nous avons identifiés, sept sont hors de cause. Ils ont des alibis en béton. Pour les trois autres, c'est moins évident. Deux affirment qu'ils étaient chez eux au moment du crime. L'un en compagnie de sa femme, qui a confirmé, l'autre était seul.

– D'accord, ils avaient matériellement le temps de tuer cette fille, releva Griffon. Mais avez-vous d'autres éléments qui pourraient en faire des coupables acceptables et non des suspects ?

Leclerc intervint :

– Le premier est un chef d'entreprise qui n'a

aucun antécédent judiciaire. Il est marié et père de deux enfants. Il prétend qu'il a sollicité deux fois les services de Géraldine. Sa dernière rencontre date d'un mois, selon ses dires. Quant au deuxième, c'est un banquier suisse. Il s'appelle William Decker. Il est de passage à Paris et a pris une chambre à l'hôtel Continental. Je l'ai interrogé. Il affirme qu'il était dans sa chambre au moment du crime. Le personnel de l'hôtel n'infirme ni ne confirme.

– Et à part cette absence d'alibi, qu'est-ce qui pourrait en faire un suspect plausible ?

– Eh bien, il a été inquiété pour tentative de viol. L'affaire a été classée. La victime a retiré sa plainte.

– Ouais, soupira Griffon sans plus de commentaire.

Leclerc poursuivit :

– D'après les collègues suisses, il s'agirait d'un coup monté par la fille et son copain pour soutirer du fric au banquier. C'est vrai qu'il n'a pas l'air d'un violent. Hormis sa manie de se déguiser en clown et de jouer les gugusses avant de baiser, il n'a pas l'air branque. Il est petit, maigrichon ; Géraldine le dépassait d'une tête.

Griffon hocha la tête et mastiqua nerveusement son bout de capuchon. Il interrompit sa collègue :

– Vous savez, Sophie, il ne faut pas se fier aux apparences. Ce petit bonhomme qui semble inoffensif peut fort bien être un dangereux maniaque. Et ce n'est pas parce qu'il est épais comme un curedent qu'il ne peut pas maîtriser une femme.

Leclerc acquiesça. Griffon éjecta son résidu de capuchon dans la corbeille à papiers et enchaîna :

– Gardez-le sous le coude, celui-là. Creusez un peu. Rencardez-vous sur sa vie…

– Et il y a Jacques Deniut, rappela Gribovitch. C'est le dernier de la liste des clients connus.

– Et alors ? Il est sur la liste des suspects ? s'inquiéta Griffon.

– Ben, Patron, on n'en sait rien. On ne l'a pas encore interrogé.

– Eh bien, allez-y ! Il faut qu'on avance dans cette affaire, tonna Griffon, qui se mit en quête d'un nouveau capuchon à martyriser.

Leclerc profita de cet instant pour amener le cas de Catherine Marvil sur le tapis :

– D'après le témoignage de Martine Olbac, l'agence de mannequins servirait de paravent à un réseau de prostitution de luxe, rapporta la policière. Cependant, elle n'apporte aucune preuve. Elle affirme que Géraldine a travaillé pour l'agence et qu'elle voulait rompre son engagement. Selon le témoin, les deux femmes auraient eu une conversation houleuse au téléphone.

– Eh bien, c'est intéressant, félicita Griffon. Vous avez confiance dans votre témoin ?

– Oui, je pense qu'elle est fiable. Je pense même qu'elle en sait plus qu'elle ne le dit sur l'agence.

– Alors, foncez ! Mettez l'agence sous surveillance.

CHAPITRE XI

Jacques Deniut était debout près de la fenêtre de son bureau. Les mains dans le dos, il contemplait le jardin à la française situé à l'arrière de la mairie. La vue était splendide et apaisante ; distraitement, il observait les gestes d'un jardinier consciencieux qui entretenait un massif de fleurs. Lui aussi aurait aimé s'occuper de son jardin. Depuis qu'il était maire, c'était un plaisir rare. Et en plus, il en avait repris pour quatre ans. Bon ! se dit-il, je suis un peu le jardinier de la ville, je m'efforce de la cultiver, d'éradiquer les mauvaises herbes, de donner de l'engrais à mes concitoyens et du pesticide à mes ennemis…

Il entendit deux coups frappés à sa porte. « Entrez ! » cria-t-il. Marc Venieux passa son museau dans l'entrebâillement de la porte. « Entre ! » réitéra Deniut qui pivota et se dirigea vers son fauteuil.

Venieux traversa la pièce et s'avança jusqu'au bureau sur lequel il déposa un dossier, puis il s'assit sur l'un des trois fauteuils destinés aux visiteurs.

– C'est quoi, ce dossier ? s'enquit Deniut.

– Une demande de subvention. Ce n'est pas urgent.

– Font chier, avec leur demande de fric, grogna Deniut. « Ils » gueulent contre les impôts locaux mais réclament des subventions. Et à part ça ?

– La Ferronnerie, annonça Venieux.

– Quoi, La Ferronnerie ? Je t'ai dit que j'avais l'intention de refiler le bébé à Oliveira.

– Je sais. Ça ne va pas plaire à Betty.

– Je m'en doute et je m'en fous, asséna le maire qui ouvrit un tiroir, puis une cave à cigares et se choisit un Cohiba. T'en veux un ?

Venieux déclina l'offre et raconta son entretien avec Sidonie :

– Cette petite garce m'a fait un *rentre-dedans* d'enfer. Bien entendu, elle m'a parlé de La Ferronnerie. Je lui ai dit que rien n'était encore décidé. Je suppose qu'elle s'est empressée de rapporter notre conversation à sa patronne.

– Sa patronne et sa maîtresse, compléta Deniut. Deux fieffées salopes...

– C'est sûr, concéda Venieux, cependant, tu devrais t'en méfier... Betty est prête à tout pour emporter le marché de La Ferronnerie.

Le maire tira une longue bouffée de son Cohiba et souffla vers le plafond. Il fit un geste de la main pour dissiper le petit nuage qui flottait sous ses yeux en reprenant la parole :

– Qu'est-ce qu'elle peut faire ? J'en sais autant sur

elle qu'elle sur moi. Si elle veut la guerre, je suis prêt... On se tient par la barbichette... Tu sais d'où elle sort ?

Venieux avoua son ignorance et Deniut se fit un plaisir de l'instruire sur le parcours de Betty :

– C'est une ancienne pute... Eh, oui ! ponctua Deniut amusé par l'air surpris de son conseiller. Elle était soi-disant mannequin. En réalité, elle était pute... poule de luxe. Et puis, elle a réussi à embobiner un vieux et fortuné veuf qui l'a épousée. Deux ans plus tard, le vieux a cassé sa pipe (qui d'ailleurs ne lui servait plus) et Betty a hérité d'une partie de sa fortune après quelques péripéties judiciaires qui ont tourné court avec l'enfant du mort. Ensuite, elle a épousé un promoteur – le fondateur d'Immo Nova – qui, manque de pot, a fait une chute mortelle sur l'un de ses chantiers.

– Ça n'a pas intrigué la justice ? s'étonna Venieux.

– Penses-tu ! Il y a eu une brève enquête qui a conclu à une mort naturelle pour le premier mari et à un accident stupide pour le second.

– Il n'y a pas de troisième mari ?

– Qu'est-ce que tu veux qu'elle en fasse ? Elle a sa petite Sidonie...

– Je vois... En attendant, elle se démerde bien, en affaires.

Deniut examina la cendre de son cigare avec un œil satisfait et entérina les propos de son conseiller :

– Pour sûr, elle se démerde bien. Elle a le sens des affaires et les dents longues.

La sonnerie du téléphone interrompit la conversation des deux hommes. Deniut décrocha et écouta sa secrétaire. L'air soucieux, il grommela : « oui, je les reçois de suite ». Il raccrocha et s'adressa à Venieux :

– Ce sont deux flics qui veulent me voir.

– Qu'est-ce qu'ils veulent ?

– Je n'en sais rien.

– Tu veux que je reste ?

– Non, ce n'est pas nécessaire.

Gribovitch et Leclerc furent accueillis froidement par le maire qui les salua sans se lever, leur indiqua les sièges d'une main en continuant de signer quelques documents.

– Voilà, je suis à vous, annonça Deniut après avoir refermé le parapheur. Que puis-je pour vous ? dit-il comme s'il s'adressait à des administrés venus solliciter une faveur.

– Nous enquêtons sur la mort d'une jeune femme, expliqua Leclerc. Il s'agit d'une prostituée qui a été assassinée chez elle.

– Et en quoi suis-je concerné ? s'étonna Deniut.

– Votre numéro de téléphone apparaît dans son répertoire, indiqua la policière.

– Et ça suffit pour venir m'interroger ?

Leclerc explicita les raisons de la démarche :

– Nous interrogeons toutes les personnes qui, de près ou de loin, ont eu un contact avec la victime. Considérez cela comme un interrogatoire de routine, ennuyeux mais nécessaire. Cette jeune femme s'appelait Géraldine Marcier. Ça vous dit quelque chose ?

La réponse fusa :

– Absolument pas ! s'emporta Deniut. Qu'est-ce que c'est que cette histoire ? Je n'ai jamais eu besoin de prostituée ! Je ne sais pas pourquoi mon numéro de téléphone était dans le répertoire de cette fille.

Deniut se figea soudain. Il resta deux secondes silencieux et immobile.

– Vous dites qu'elle s'appelait Géraldine Marcier ?

Leclerc confirma et précisa :

– C'était une jeune femme de vingt-trois ans, grande, brune…

Deniut interrompit la policière d'un geste impératif de la main.

– Non, ça ne me dit rien, dit-il péremptoirement. Vous savez, mon numéro de téléphone n'est pas secret. Il y a sans doute plusieurs centaines de personnes qui ont mon numéro dans leur répertoire.

Gribovitch et Leclerc échangèrent un regard de connivence qui n'échappa pas à Deniut. Celui-ci comprit qu'il avait fait une erreur aussitôt exploitée par les policiers.

– Le problème, attaqua Gribovitch c'est que les relevés téléphoniques de la jeune prostituée montrent que vous avez eu plusieurs communications avec elle, il y a environ trois mois.

Deniut se tassa sur son siège et inspira profondément. Il fit un geste fataliste de la main et répondit :

– D'accord, j'ai voulu éviter de mêler mon nom à une affaire criminelle en vous affirmant que je ne connaissais pas cette personne. Mais je vous jure que je ne savais pas qu'elle se prostituait…

Les regards dubitatifs et affligés des deux policiers le convainquirent qu'il aurait du mal à les persuader de sa bonne foi. Il tenta quand même.

– Écoutez, cela vous paraît peut-être incroyable mais c'est la vérité : je ne savais pas qu'elle se prostituait. Elle m'a dit qu'elle travaillait dans une agence de mannequins.

– Comment avez-vous fait sa connaissance ? s'enquit Leclerc.

Deniut parut frappé par la question. Son visage s'assombrit. Leclerc attendait sa réponse en l'observant sans aménité.

– Je l'ai rencontrée dans une soirée… Elle était accompagnée d'une amie, Sidonie Carlin. C'était le soir de l'inauguration de la nouvelle piscine…

Deniut venait de comprendre d'où venait le coup. C'était Betty, via Sidonie, qui lui avait mis cette pute entre les bras. Ce qu'il ne comprenait pas et l'effrayait, c'était la mort de cette fille. Betty avait-elle tout organisé ? L'idée lui parut absurde tant elle était effrayante. Cette femme qui traînait derrière elle deux maris morts était bien capable d'une machination aussi machiavélique.

– Qui est cette Sidonie ? demanda Gribovitch.

– C'est l'assistante de direction de Betty Malone,

la patronne d'Immo Nova, une société immobilière, avec laquelle travaille la mairie. D'ailleurs, c'est elle qui était maître d'œuvre des travaux de la piscine.

Gribovitch nota le nom de l'assistante et celui de la patronne de la société.

Les deux flics l'observaient en silence. Deniut se sentit obligé de s'exprimer :

– Je vous jure, clama-t-il, je ne savais pas que cette fille était une pute. J'ai dû passer deux soirées avec elle. Et je ne l'ai pas payée… et je ne l'ai jamais revue.

– Que vous l'ayez payée ou pas, cela n'a pas d'importance, reprit Leclerc. Pour l'heure, nous voudrions savoir où vous étiez quand cette fille a été tuée, c'est-à-dire, mercredi dernier en début de soirée…

Deniut soupira et se prit la tête entre les mains. Il ne s'inquiétait pas pour son alibi, en revanche, il rageait contre cette garce de Betty qui l'avait piégée. Il releva la tête et expliqua qu'il avait passé la soirée de mercredi au centre culturel où avait lieu la première d'une pièce de Feydeau jouée par la troupe de théâtre d'amateurs de la ville.

Après le départ des policiers, Venieux revint. Il trouva Deniut affalé dans son fauteuil, immobile, les yeux perdus dans le vague, son cigare éteint coincé entre deux phalanges.

– Oh… Ça n'a pas l'air d'aller fort, constata Venieux. Qu'est-ce qu'ils voulaient ?

– C’est incroyable, répondit Deniut. Je me retrouve mêlé à une affaire de meurtre d’une pute…

– Qu’est-ce que tu racontes ?

Deniut ralluma son cigare et se redressa. Il résuma l’entretien qu’il avait eu avec les deux policiers.

– Tu vois la merde dans laquelle je suis, conclut-il. Certes, les flics m’ont assuré que rien ne filtrerait dans la presse, mais quand même… J’aurais dû me méfier quand Sidonie m’a présenté cette fille. Betty m’a bien piégé… Même sans la mort de cette nana, elle me tenait… Les flics ne m’ont pas cru quand je leur ai dit que je ne savais pas que c’était une call-girl.

– Effectivement, c’est une position difficile à tenir. Les apparences jouent contre toi. Qu’est-ce que tu comptes faire ?

– Je n’en sais rien mais je vais trouver. Cette salope de Betty va me le payer !

CHAPITRE XII

Vêtue d'une robe légère rouge, lunettes de soleil protégeant ses yeux de la lumière vive de cette fin de matinée ensoleillée, Sidonie se prélassait à la terrasse d'une brasserie de Saint-Germain-des-Prés. Elle sentait le regard des hommes glisser sur elle et s'attarder à la hauteur de ses jambes. Comme la plupart des belles femmes, elle était flattée d'être admirée mais aussi irritée par la lubricité et la goujaterie qu'elle lisait dans les yeux de certains bonshommes.

La jeune femme jeta un œil sur l'horloge de son portable et constata avec satisfaction qu'il était l'heure de se rendre à son rendez-vous. Elle se leva, posa un billet de cinq euros sur le guéridon et partit sans attendre sa monnaie. Elle parcourut deux cents mètres d'une allure rapide jusqu'à l'entrée d'un immeuble occupé en partie par des cabinets médicaux, des bureaux de société et un cabinet d'avocats.

La jeune femme grimpa l'escalier quatre à quatre jusqu'au premier palier et pressa la sonnette d'une porte sur laquelle brillait une plaque en cuivre gravée d'un simple mot : Avocats.

Fabien Steiner ouvrit. Un beau sourire s'épanouit sur son visage. Son regard passa comme une caresse sur Sidonie. Avant même qu'il ne referme la porte, la jeune femme se colla à lui, enlaça son cou, posa un baiser sur ses lèvres et resta accrochée à son amant. Collée contre son flanc, elle le suivit dans son bureau, puis dans la partie privative de l'appartement.

– Tu veux boire quelque chose ? proposa Fabien.

– Ce que tu veux, répondit Sidonie. J'ai surtout soif de toi...

La jeune femme se lova contre l'homme et tendit sa bouche vers la sienne. Sidonie sentait le désir la tenailler comme lors de leur première rencontre, trois jours auparavant.

L'avocat l'avait abordée alors qu'elle sortait des bureaux d'Immo Nova. Il avait prétendu qu'il passait par hasard et qu'il souhaitait profiter de l'occasion pour reprendre leur discussion entamée au cours de la soirée de réception à la mairie.

Passant outre l'interdit de Betty, Sidonie avait suivi Fabien Steiner.

Ils avaient dîné dans un restaurant à l'ambiance intimiste, puis ils avaient passé deux heures dans un club de jazz. Fabien était un fan de cette musique ; il lui parla de ses musiciens préférés et de son périple à la New Orleans et Memphis. Sidonie buvait ses paroles ; il aurait pu parler de la métaphysique de

Kant ou de droit constitutionnel, l'effet aurait été le même : cet homme lui plaisait et, par-delà l'attirance physique, elle éprouvait un doux sentiment inconnu. Dans un premier temps, elle se refusa à y mettre un nom.

Ils terminèrent la nuit chez Fabien.

Cette deuxième rencontre confirma la première. Sidonie avait une furieuse envie de Fabien, de tout son être et pas seulement de sa queue. Bon ! De sa queue aussi ! Ce n'était ni un étalon ni une bête de sexe et pourtant dès qu'il la touchait, elle devenait dingue.

Sidonie poussa doucement Fabien vers le sofa sur lequel il se laissa tomber. La jeune femme déboucla la ceinture du pantalon, ouvrit la fermeture Éclair et, d'une main délicate, alla chercher la verge endormie dans le caleçon. Elle la sortit de son nid tel un oisillon tout chaud à peine éclos de l'œuf. Quelques caresses du bout des doigts accompagnées de baisers posés sur le gland suffirent pour que le petit animal s'éveille et se développe. La jeune femme le dorlota et le prit en bouche ; elle le sentit grossir et durcir.

Puis, Fabien bascula Sidonie sur le canapé. Il la baisa *à la missionnaire*, sans fioritures. Du basique. Et comme il n'est pas toujours nécessaire de faire compliqué pour atteindre un objectif simple, Sidonie prit son pied. Ben oui, en définitive, quand les bons ingrédients sont réunis, le résultat est garanti. En l'occurrence, la queue de Fabien et la chatte de Sidonie étaient parfaitement adaptées l'une à l'autre.

Ils jouèrent la suite de leur partition amoureuse dans la chambre.

Au matin, Sidonie avait l'impression d'être une autre femme. La vie lui parut belle, simple… Et l'évidence s'imposa : elle était amoureuse.

Pendant la période post-coïtale matutinale, Sidonie resta collée à Fabien. Elle était aimantée par son corps. L'homme était allongé sur le dos, la femme couchée sur lui. Le visage de Sidonie était tout proche du visage de son amant et celui-ci voyait briller dans ses yeux une lueur de bonheur.

– Je ne pensais pas que ça se passerait aussi bien entre nous, déclara Sidonie. C'est merveilleux. Je n'en reviens pas. Je ne m'attendais pas à ça.

– À quoi t'attendais-tu ?

– À quelque chose d'agréable, de très agréable, mais c'est plus que ça… Je crois que je suis mordue, Fabien.

L'homme sonda le regard de sa partenaire. Il n'y décela aucune duplicité. Il lui était difficile de croire qu'elle jouait la comédie. Son regard, sa voix, tout son corps exprimait la vérité. *« Cette fille est un démon totalement soumis à la volonté de Betty »* l'avait averti Venieux qui lui avait rapporté la tentative de séduction de la jeune femme. Et pourtant, à cet instant, Fabien sentait qu'elle était sincère, franche, transparente. Et puis, se rassura-t-il, c'était lui qui l'avait draguée. Sans son initiative, elle ne serait sans doute pas là…

Sidonie se redressa soudain ; une expression inquiète effaça son sourire.

– Qu'est-ce qui se passe ? demanda Fabien.

La jeune femme se leva et chercha ses dessous.

– Il est huit heures, je dois partir, annonça-t-elle. Betty doit m'attendre… On a un rendez-vous avec un client.

Fabien devina qu'elle mentait. Il se leva, fit quelques pas et enlaça Sidonie qui venait juste d'enfiler sa culotte.

– Attends, dit-il, tu ne vas pas partir ainsi… On va déjeuner ensemble. Téléphone à ta patronne et dis-lui que tu as eu une panne d'oreiller.

Fabien l'embrassait dans le cou, caressait ses fesses et bandait de nouveau. Sidonie ne sentait plus ses jambes, sa volonté était annihilée et elle en oubliait Betty et ses consignes. Son amant plaqua ses mains sur ses fesses et la souleva. Sidonie serra ses jambes autour du bassin de l'homme ; aussitôt, celui-ci écarta le tissu de la culotte et introduisit son membre dans sa fente. Puis il fit coulisser sa partenaire sur son sexe à la force des bras. Fatiguant quand on n'est pas Schwarzenegger (cette position du Kama Sutra est déconseillée aux hommes fragiles du dos). Aussi, Fabien poursuivit son coït en levrette sur le lit, position très naturelle, efficace et qui de surcroît offre à l'homme le plaisir de contempler son braquemart en action. D'ailleurs, bien qu'ayant la jauge sur la réserve, il éjacula.

Un quart d'heure plus tard, le couple déjeunait.

– Tu ne téléphones pas à ta patronne ? demanda négligemment Fabien.

– Plus tard. Je n'y pensais plus…

Fabien observa Sidonie qui avait les yeux baissés sur son bol de café.

– On dirait que tu la crains, lança-t-il. Je ne la connais pas mais on dit qu'elle est dure et impitoyable en affaires et dans la vie en général.

– Qui c'est « on » ?

– Tu dois t'en douter. Il y a Deniut, Venieux et quelques autres.

– Ça ne m'étonne pas. Deniut ne peut pas sentir Betty. Il a horreur qu'on lui tienne tête et Betty ne le ménage pas.

– Tu te trompes, objecta Fabien, Deniut respecte beaucoup ta patronne et admire la façon dont elle gère sa boîte.

– Ah oui… Et pourquoi ne veut-il pas lui donner le chantier de La Ferronnerie ?

L'avocat reposa son bol, secoua la tête et rassura Sidonie :

– Il n'a jamais dit cela. Il n'a pas encore décidé, mais il a une très nette préférence pour le projet d'Immo Nova. Il le trouve novateur, original et conforme au budget prévu.

Sidonie marqua un temps avant de réagir. Elle ne cacha pas son étonnement et sollicita des précisions :

– Qu'est-ce qu'il t'a dit exactement ?

– Exactement ce que je viens de te dire : il est séduit par le projet de ta patronne et il souhaite qu'elle enlève le marché.

– Eh bien, c'est une bonne nouvelle.

– Ça va faire plaisir à ta patronne, souligna l'avocat.

– C'est sûr. Elle tient à ce marché. Tu sais, malgré les apparences, Immo Nova n'est pas très solide.

– Ah, bon… ?

– Tu ne le répètes à personne – c'est entre nous – mais sans La Ferronnerie, la boîte risque de plonger…

– À ce point ?

Sidonie acquiesça mollement et ajouta :

– En tout cas, Betty aura du mal à remonter la pente. Remarque, ce ne sera pas la première fois qu'elle sera en difficulté. Elle s'en est toujours sortie… C'est une coriace. Deniut le sait… D'ailleurs, si elle n'obtient pas La Ferronnerie, je pense que Betty lui fera payer. Elle connaît quelques petites choses sur lui qui pourraient lui coûter sa carrière.

Fabien fixa son interlocutrice avec intérêt et étonnement avant de l'interroger sur « ces petites choses »

– Oh… des petits écarts de conduite, se contenta de spécifier Sidonie, mais qui font tache dans la vie d'un élu.

– Des histoires de cul ? suggéra l'avocat. Tu sais, de nos jours, ça n'émeut plus le public, les cabrioles olé olé des hommes politiques.

– Ouais, mais il y a cabriole et cabriole…

– Bon ! souffla l’avocat, espérons que ta patronne décrochera La Ferronnerie et qu’elle n’aura pas à étaler le linge sale en public. Note, de mon point de vue, ce serait tout bénéfice ; ça donnerait du boulot à mon cabinet.

CHAPITRE XIII

Betty avait pris appui sur le rebord du lavabo. Les fesses écrasées sur la faïence, bras croisés, elle observait Sidonie allongée dans son bain.

– Je répète ma question, Sido, où et avec qui as-tu passé la nuit ? cracha-t-elle.

– Je te l'ai dit : dans mon studio. Il y a deux mois que je n'y ai pas mis les pieds. J'avais des trucs à ranger et du courrier dans ma boîte. J'étais crevée, j'ai picolé et je me suis endormie.

– Et ton portable ?

– Je l'avais oublié.

Betty se mordillait un ongle, son visage grimaçait et ses yeux lançaient des éclairs de rage sourde.

– Tu me prends vraiment pour une conne ! s'écria-t-elle. Je sais que tu as passé la nuit avec ce freluquet d'avocat.

Sidonie ne fut pas surprise. Elle se doutait que Betty la faisait surveiller. Levant les yeux, elle répliqua avec insolence :

– Oui, Maîtresse, j'ai passé la nuit dans le lit de

Fabien Steiner. Et j'en suis satisfaite.

Betty se redressa brusquement. De son corps émanait une onde de tension malsaine. Sidonie crut qu'elle allait se jeter sur elle et lui enfoncer la tête sous l'eau ; elle regretta l'aveu de son escapade amoureuse.

– Sors de ton bain ! ordonna Betty.

Sidonie hésita puis elle jugea qu'il était préférable d'obéir. Betty était à cran. Sa violence intérieure pouvait exploser à tout moment. Sidonie en eut soudain peur. Elle sortit de la baignoire et s'épongea en silence en s'appliquant sur ses parties intimes avec l'espoir que Betty se calme et éprouve le désir de l'étreindre.

– Mets-toi à quatre pattes ! intima Betty.

Sidonie n'avait pas envie de se soumettre. Quelque chose en elle avait changé. Elle ne voulait plus jouer à l'esclave. Ça ne lui plaisait plus. Au moment où elle s'apprêtait à se rebeller, elle capta le regard de Betty et comprit avec effroi que celle-ci était capable d'une extrême violence pour la faire plier. Pour la première fois dans leur relation, elle ressentit véritablement une pure peur physique. Le jeu n'en était plus un. La domination devenait réelle.

Sidonie s'agenouilla, puis après un temps d'hésitation, posa les mains au sol. Elle entendit le rire satisfait et les insultes de Betty qui triomphait et jouissait de l'humiliation infligée :

– Tu n'es qu'une chienne ! Une putain de chienne en chaleur ! Je vais te dresser ! À la laisse, que tu vas marcher, maintenant !

Betty sortit cinq secondes de la pièce et revint avec un collier de chien qu'elle boucla au cou de Sidonie. Puis elle fixa le mousqueton d'une laisse en cuir à l'anneau du collier. Elle tira deux coups pour faire sentir à son esclave qu'elle la maîtrisait.

– Voilà ! C'est parfait ! Tu es mon petit toutou… Il ne reste plus qu'à te trouver un chien pour te saillir… Un bâtard conviendra… Mais il te manque quelque chose ! Une chienne sans queue, ce n'est pas une chienne.

Betty sortit à nouveau de la salle de bains. Elle revint avec un godemiché court à la base duquel était fixée une petite queue de crin bleu.

– Voilà qui fera l'affaire, jubila-t-elle en se penchant sur la croupe de Sidonie. Détends-toi, chérie, ricana-t-elle en forçant l'anale entrée. Avec ça dans le cul, tu auras l'air d'un vrai petit caniche. Parfait ! ça rentre comme dans du beurre. On voit que ton petit trou sert souvent.

Betty entraîna Sidonie dans le salon puis sur la terrasse. Les dix mètres parcourus furent un calvaire pour les genoux de la jeune fille qui trottinait à quatre pattes aux pieds de Betty.

Betty s'installa sur une chaise longue et ordonna à Sidonie de se coucher sur le sol près d'elle.

– Bon petit toutou, dit Betty en flattant la tête de Sidonie d'une caresse de la main. Bon, qu'est-ce que tu m'as rapporté ? raconte-moi ce que tu as appris.

Sidonie redressa la tête.

– Reste allongée ! rappela Betty.

Sidonie s'allongea et répondit :

– J'ai appris que Deniut avait l'intention de te donner le marché de La Ferronnerie. Fabien Steiner est catégorique.

– Il t'a dit ça ? s'étonna Betty.

– Oui, il m'a dit que Deniut était très intéressé par ton projet et qu'il ferait tout pour que tu gagnes le marché.

L'information ne provoqua pas l'enthousiasme de la patronne d'Immo Nova, comme l'espérait Sidonie. Le regard perdu dans le bleu du ciel, Betty resta impassible, puis ses traits se figèrent en une expression colérique. Elle tourna la tête et baissa les yeux sur Sidonie qu'elle fixa durement pendant de longues secondes avant de lui faire part de la cause de son courroux :

– Tu n'es qu'une sale chienne sans flair ! Ton avocat t'a enculée jusqu'à la garde…

Sidonie se crispa sous l'attaque. Effarée, le ventre noué, elle découvrit une Betty écumant de rage.

– Ne fais pas cette gueule de conne ! s'égosilla Betty. Tu es la plus nulle des putes nulles ! Je n'aurais jamais dû te tirer de ton caniveau… C'est comme ça que tu me remercies ! Je pensais avoir trouvé une chienne racée avec un pedigree, je n'ai qu'un corniaud de clebs femelle qui se fait tringler par tous les bâtards du quartier.

Sonnée par la violence des mots et la virulence du ton, Sidonie inclina la tête. Malgré elle, elle se sentait coupable. La petite flamme de révolte qui s'était allumée vacillait. Betty la traitait comme une chienne parce qu'elle était une chienne. À juste titre, Betty lui rappelait d'où elle venait : de la fange du caniveau. Ce n'était pas qu'une métaphore... Comparé à ce qu'elle avait vécu après son échec avec son peintre et l'abandon de ses études aux Beaux-Arts, ce qu'elle vivait maintenant n'était qu'un agréable divertissement.

Comme si elle avait suivi de l'intérieur le cheminement mental de son esclave, Betty explicita :

– Tu te souviens ? tu servais de vide-couilles à un taré qui te faisait turbiner dans un hôtel crasseux. Comment il s'appelait, ton bicot ? Ahmed, c'est ça ? Quand je t'ai trouvée, tu traînais comme une chienne errante dans les boîtes à la recherche de ta pitance. Pour une dose de merde, tu suçais les mecs en file indienne dans les arrière-cours.

C'était une douleur d'entendre ce rappel du passé. Sidonie en aurait pleuré. Betty avait raison : elle lui devait tout. Sans elle, son avenir était fatalement tracé : les passes à vingt euros, la came et inévitablement l'overdose ou une mort violente sous les coups d'un déjanté. Elle était au bord du précipice quand Betty l'avait retenue et tirée des pattes d'Ahmed. Cela, Sidonie ne pouvait l'oublier, comme elle ne pouvait oublier que son destin était lié à cette femme par un lourd secret.

Betty perçut que Sidonie était à nouveau à sa botte et estima qu'elle pouvait donner la clé de sa réaction.

– Ton fumier d'avocat t'a raconté des bobards. Tu oublies qu'il travaille pour Deniut. Fort heureusement, j'ai d'autres sources d'informations... Je sais que ce pourri de maire n'a pas du tout l'intention de me donner le marché de La Ferronnerie. J'en ai la preuve. Il a signé un pré-accord avec Luis Oliveira. Les deux hommes ont dîné ensemble dans un resto de la Madeleine. Tu vois, ton avocat est une petite ordure qui t'a manipulée. Il espérait m'endormir... il ne connaît pas Betty Malone !

Forte de sa supériorité, l'orgueil flatté de montrer à Sidonie qu'elle contrôlait la situation, Betty se radoucit sans pour autant abandonner son rôle de maîtresse.

– Écoute, puisque tu es en bons termes avec le baveux, tu vas continuer à le voir. Qu'il te raconte des conneries, cela n'a pas d'importance, l'essentiel c'est qu'il pense que tu le crois... Il doit avoir un dossier sur la mairie. À toi de le trouver et de m'en apporter des copies. À propos, tu n'as pas revu ton barman ? Contacte-le, il a peut-être des infos. Moi, je m'occupe du Portos... Cette fois, je n'aurai pas besoin de ton cul. Ça me ferait mal de savoir que ce gros porc t'a touchée. Compris ?

– Oui, Maîtresse, répondit docilement Sidonie.

– Très bien. Tu es une gentille petite chienne... Et tu sais ce qui ferait plaisir à ta maîtresse ?

Sans attendre la réponse, Betty dénoua la ceinture de son peignoir et en écarta les pans. Elle s'assit au bord du transat, ouvrit les cuisses et présenta sa toison.

– Allez, ma petite chienne, suce-moi.

Sidonie se redressa et fut immédiatement rappelée à son statut d'animal :

– Non ! Reste à quatre pattes et suce-moi comme une chienne, à coups de langue sans mettre tes pattes sur moi.

La jeune femme obtempéra et se mit à l'ouvrage. Betty l'observait et l'encourageait en ricanant :

– Vas-y, Mirza ! Astique-moi la pastille ! Mets ta truffe dans ma fente… Dis donc, Mirza, t'es une bonne suceuse… C'est bon, excellent. Allez ! Remue la queue pour me montrer que tu es contente.

Sidonie dut se plier au désir de sa maîtresse et tortilla du cul pour agiter le toupet qui pendait de son fondement.

– Oh, purée ! Que c'est bon ! s'extasia Betty qui se pencha et saisit la tête de sa partenaire entre ses deux mains. Ça me détend le con et la vessie.

Un puissant jet d'urine aspergea le visage de Sidonie qui, surprise et humiliée, n'eut même pas la force de se dégager de l'étau qui enserrait ses tempes.

– Ouvre la bouche ! ordonna Betty en augmentant la pression de ses paumes.

Le liquide jaune et tiède inonda la face de Sidonie, envahit sa bouche, s'écoula le long de son cou et sur ses seins. La source tarie, Betty repoussa sa partenaire.

– Okay, tu as eu ta punition. Maintenant, je pense

que tu as compris à qui tu appartenais.

– Oui, Maîtresse, articula difficilement Sidonie.

CHAPITRE XIV

Gribovitch et Leclerc venaient de terminer leur repas.

Situé sur une petite place, le café était un petit bistrot tenu par une aimable patronne dont la première des qualités était de cuisiner des plats simples inspirés du terroir. Traditionaliste, elle s'efforçait de maintenir son commerce contre l'offensive des modernes sandwicheries, sushis, *saladeries* et autres *international foods*, mangeoires pour petits mangeurs. Le Coca-cola n'avait pas droit de cité dans son établissement ; le bon picrate, le gros rouge qui tache ou le blanc râpeux, étaient les souverains de ce lieu dédié à la panse française.

Gribovitch apprécia d'être en terrasse où il pouvait griller librement une Gitane blonde.

– Tu as raison d'en profiter, nota Leclerc, dans quelque temps, il sera interdit de fumer même sur les terrasses.

– D'où tu sais ça ?

– C'est fort probable. C'est l'étape suivante

programmée par les anti-tabac. À New York, il est interdit de fumer dans la rue.

– On n'est pas américain…

– Ce n'est pas un argument, Alex. Généralement, on suit les Américains avec un décalage de quelques années.

– On ne les a pas suivis quand ils ont instauré la Prohibition. C'est fou, ce besoin d'interdire et de culpabiliser les citoyens. Il ne faut pas boire d'alcool, ne pas fumer, ne pas manger gras, ni sucré, ni salé, manger cinq légumes et fruits par jour, ne pas s'exposer au soleil, prendre les transports en commun, marcher trente minutes tous les jours…

– Tu fais toujours dans la demi-mesure. Ce sont des recommandations, pas des interdits. Sauf pour le tabac qui touche les non-fumeurs… Le tabagisme passif, tu connais ?

– Bien sûr ! Mais rien n'est scientifiquement prouvé… Les soi-disant études sont sujettes à caution… Ce n'est pas moi qui le dis mais un professeur de médecine, par ailleurs anti-tabac.

– D'accord, Alex, concéda Leclerc qui préférait abandonner la joute oratoire. Fume tranquillement ta cibiche pendant que tu en as encore le droit.

– Merci, Sophie.

Gribovitch tira quelques bouffées qui le ramenèrent à ses préoccupations professionnelles dont il fit part à sa collègue (il n'y a pas d'explications logiques, c'est comme ça !) :

– Je ne sais pas si un jour on saura qui a tué Géraldine Marcier, mais j'ai l'impression qu'on est en train de mettre les mains dans un sacré panier de crabes.

– Que veux-tu dire ?

– Eh bien, j'ai eu la curiosité de m'intéresser à Sidonie Carlin, la jeune femme qui a présenté Géraldine au maire sans lui dire – selon lui – que c'était une prostituée. Figure-toi qu'elle a un passé plutôt chargé, ainsi que sa patronne, d'ailleurs. Elles ont en commun d'avoir été putes toutes les deux.

– Elles s'en sont bien sorties, jugea Leclerc.

– Oui. Mais quel parcours ! Sidonie est une miraculée. Camée et prostituée, elle a eu quelques déboires avec la justice pour vol, escroquerie, racolage actif, usage de substances illicites… Elle était sous la coupe d'un julot qui s'est fait descendre. On n'a jamais identifié le tueur. Après, elle a été prise en main par Betty Malone, qui a aussi gagné son pain à la sueur du nombril mais dans des palaces.

– C'est ce qui s'appelle de la solidarité féminine.

Gribovitch ne le contesta pas et poursuivit :

– Betty Malone était call-girl avant de faire un bon mariage avec un type qui a eu l'élégance de partir pour l'Au-delà en lui laissant un petit pécule. Son deuxième mari n'a pas eu plus de chance. Il s'est tué accidentellement.

– Elle va peut-être avoir du mal à en trouver un troisième, en déduisit Leclerc.

– Je ne crois pas qu'elle en cherche. Selon la rumeur, les deux femmes forment un couple.

– Et alors ? Vu leur passé, elles en ont peut-être assez des mecs.

– C'est bien possible mais ce n'est pas le problème.

– Et où est le problème, Alex ?

– Eh bien, Betty Malone connaît Catherine Marvil… Je ne sais pas si elles se fréquentent toujours mais il est sûr qu'elles se sont connues, il y a quelques années. J'ai retrouvé un procès-verbal de police sur lequel leur nom apparaît.

– Je vois où tu veux en venir, reprit Leclerc. Betty Malone aurait engagé Géraldine, une fille de l'agence de mannequin de Catherine Marvil et l'aurait poussée dans le lit du maire pour avoir un moyen de pression. C'est un classique un peu gros mais ça tient la route.

– Oui, Sophie, c'est un peu gros. D'autant que Géraldine a été tuée. A priori, le maire n'avait aucun intérêt au crime.

– C'est à voir, objecta Leclerc. Il a l'air d'un bon vivant mais rien n'empêche les bons vivants de tuer s'ils ont un bon motif.

Gribovitch en convint et poursuivit son laïus :

– Quant à Betty Malone, je ne sais qu'en penser… La mort de Géraldine ne lui rapporte rien.

– Si ! Elle met le maire en position de suspect, objecta Leclerc.

– D'accord, admit Gribovitch, mais en mettant à jour la liaison de Deniut avec la pute, Betty Malone se prive d'un moyen de chantage.

– Bon ! exhala Leclerc, on avance à petits pas. En tout cas, tu as raison, Alex, j'ai l'impression que c'est un panier de crabes. Fric, immobilier, un promoteur, un homme politique et une pute assassinée, tous les ingrédients sont réunis pour un bon polar. Si l'on allait faire un tour dans les bureaux d'Immo Nova.

– Ça, c'est une bonne idée, approuva Gribovitch. C'est formidable de travailler avec toi, tu comprends tout à demi-mot.

– Mais oui, Gribo, fiche-toi de ma tête.

CHAPITRE XV

Luis Oliveira avait repéré la petite nana bien potelée accoudée au comptoir devant son verre de bière. Il l'avait déshabillée du regard et avait été satisfait de son examen. Petite – lui-même toisant un mètre soixante-cinq –, dodue du cul et des seins, brune, jeune et un tantinet vulgaire, elle correspondait à son idéal féminin (comme quoi il n'y a pas que les grandes blondes qui plaisent aux hommes). En plus, cette petite demoiselle esseulée ne semblait pas farouche.

L'entrepreneur s'installa à une table d'où il pouvait garder un œil sur la donzelle. Son instinct lui disait qu'il y avait là une probable occasion de tirer un coup.

Depuis quelque temps, tout roulait à la perfection dans sa vie. Deux jours auparavant, il avait dîné avec Deniut. Le maire était un homme avec qui l'on pouvait s'entendre. Oliveira avait apprécié sa compagnie. Un homme très simple, Monsieur Le Maire, très proche du peuple. Il avait écouté avec attention ce qu'il lui avait raconté, et surtout, avait compris les problèmes du Bâtiment. Et puis, quel coup de fourchette ! Et quelle descente ! Deux bouteilles à deux, plus les apéros et le pousse-café... Ça, c'était un homme, un vrai ! Mais ce n'était pas l'essentiel. Que le maire soit un compagnon de table agréable n'était pas un fait suffisant en soi pour satisfaire l'entrepreneur. En revanche, l'accord conclu sur le marché de La Ferronnerie était de nature à le combler.

Au terme de la discussion, il était évident que Deniut attendait un retour. Oliveira l'assura qu'il saurait se montrer reconnaissant et évoqua même un chiffre qui remplit d'aise le politicien. Affaire conclue !

Satisfait, sans souci pour l'avenir de sa boîte, Oliveira commanda une entrecôte saignante accompagnée de frites et une bouteille de Côte du Rhône. En attendant, il sirota son Pastis et observa la jeune fille. Il croisa son regard. La petite effrontée ne détourna pas les yeux.

Oliveira n'était pas dupe. Râblé, ventre rondelet, poilu, il savait que son physique n'était pas celui d'un Apollon et qu'aucune femme ne tombait en extase devant son corps. Il devina l'occasionnelle. C'était toujours bon à prendre. Après un bon morceau de bœuf, quelques rasades de vin et un calva, il sera fin mûr pour une pipe et une partie de radada. D'un geste de la main, il invita la fille à s'approcher de sa table.

– Je t'invite, lança-t-il. Assieds-toi...

La jeune fille s'appelait Laura.

– Tu as quel âge, Laura ?

– Dix-neuf ans et demi. Ne vous inquiétez pas, je suis majeure. Vous voulez voir ma carte d'identité ?

– Non, non, ce n'est pas la peine.

Une demi-heure plus tard, le couple prenait une chambre dans un hôtel discret.

Sous prétexte d'un besoin urgent incompatible avec une activité sexuelle sereine, Laura fila dans la salle de bains. Elle revint dans la chambre en tenue d'Ève (moins la feuille de vigne). Lui-même *in naturalibus*, Oliveira était allongé sur le lit, quéquette au repos mais en état de veille. Quand la jeune fille apparut elle sautilla de joie.

– À qui téléphonais-tu ? demanda Oliveira qui avait perçu les chuchotements de la jeune fille à travers la porte.

– À ma mère. Je devais passer chez elle. Je l'ai prévenue que j'aurais du retard.

La réponse laissa Oliveira songeur. Père d'une fille de dix-huit ans, il ne l'imaginait pas avec un homme dans une chambre d'hôtel. L'idée le révulsait. Bof ! Laura n'était pas sa fille…

Il contempla Laura et admira ses seins énormes aux aréoles larges comme un CD, ses fesses épaisses et spacieuses, et fut ébloui par sa toison noire, crépue, qui débordait sur le bas-ventre. Sa bistouquette se redressa. Il raffolait des minous angoras.

Dès que Laura fut allongée sur le lit, il se précipita sur son entrejambe comme la misère sur le pauvre monde. Il y trouva une forêt vierge (pas tant que ça, d'ailleurs) Le tapis de poils noirs s'étendait sur l'intérieur des cuisses et atteignait le pourtour de l'anus.

– Eh ben, dis donc, mon colon ! s'extasia-t-il, c'est une merveille. Tu n'as jamais pensé à envoyer une photo au Guiness des records. Je suis sûr que tu aurais la palme.

– Ça te plaît ? s'étonna Laura.

– Un peu, mon neveu ! ça, c'est du barbu ! On n'en voit plus beaucoup de nos jours, avec ces filles plates qui, en plus, ont la manie de se raser. Une chatte sans poils, c'est… C'est un jardin sans pelouse, une piscine sans eau, un arbre sans feuilles… Allez ! Écarte les jambes, que je te le broute, ton gazon.

Quel délice de fouiller dans cette jungle à la recherche de la fente, d'aller à tâtons dans la luxurieuse forêt à la quête du clito, de le découvrir dissimulé sous une touffe de poils folâtres comme une fraise sauvage sous des brins d'herbe.

Après cette première exploration buccale et manuelle, l'homme désira que la jeune fille ne reste pas les mains inoccupées et sur sa faim. Il inclina pour le 69 qui a le mérite de répartir équitablement les tâches lubriques. Laura embaucha Popaul et lui prodigua un massage labial et buccal, préparation utile mais non nécessaire à la course de fond prochaine. Oliveira continua à se délecter du suc abondant qui humidifiait la foufoune touffue, explorant d'un ou deux doigts la cavité rose bordée d'une pilosité épaisse ou assouplissant de l'index le petit cratère aux bords ridés avant que Popaul n'y fourre son gros pif turgescent.

Laura appréciait le travail d'approche des doigts dans son anus et grognait de plaisir en tortillant ses imposantes fesses. Elle manifestait son contentement par des pompages vigoureux à chaque fois que l'index la fouillait profondément.

– On dirait que tu aimes ça, constata Oliveira.

– Oh, oui ! confirma la jeune fille. C'est ce que j'aime le plus. C'est comme ça... je jouis par le cul... il paraît que ce n'est pas normal.

– Bof... Il n'y a pas de problème. Allez ! Suce au lieu de parler.

Effectivement, Laura était une fervente accro à la sodomie. Pour autant, elle n'en dédaignait pas les coups de queue classiques mais ceux-ci ne déclenchaient pas l'euphorie qui la prenait quand un gros et solide dard l'écartelait. À vue de nez, le chibre d'Oliveira avait les mensurations requises ; à l'image de son propriétaire, il était trapu et dur à la tâche.

De son pieu massif, l'homme fourrait la jeune fille avec énergie. Les deux mains agrippées aux hanches de sa partenaire, il ahanait à chaque butée contre la paire de fesses. Laura couinait en contrepoint et grommelait des mots incompréhensibles que l'on pourrait éventuellement traduire par

« défonce-moi ! Oh, que c'est bon ! » et autres banalités de circonstance entendues dans la bouche des actrices des films pornos qu'elle avait visionnés en compagnie de son beau-père qui, entre autre, l'avait initiée aux joies de la sodomie.

L'enculeur et l'enculée montaient crescendo la pente du mont de la suprême félicité. Enivré par l'action et l'imminence d'un jaillissement jubilatoire de foutre, l'homme perçut des voix et des coups sourds qu'il attribua à sa partenaire.

Il n'en était rien. Stoppant net à mi-course son vigoureux pilonnage, il resta figé, la queue en panne au milieu du gué, à tenter de comprendre la situation. Il entendit distinctement la voix hurlante, familière en un autre lieu mais incongrue et inquiétante dans cet hôtel où jamais elle n'aurait dû résonner.

La porte s'ouvrit brutalement : Madame Luisa Oliveira et sa mère surgirent dans la chambre.

Scène de vaudeville ou de tragédie cornélienne ? Tout dépend du point de vue. Pour le réceptionniste qui avait tenté de retenir les deux furies, c'était de la *Commedia dell'Arte*. En revanche, pour les Oliveira, c'était la grande scène du deux, celle où l'épouse trompée découvre son infortune et prend le Ciel à témoin de l'ignominie de celui à qui elle a donné la fleur de sa jeunesse et qui l'a déshonorée.

La légitime se prenait la tête et s'arrachait les cheveux avec force cris de douleur et pleurs, pendant que sa mère l'empêchait de s'écrouler en dardant un œil outragé sur son beau-fils à genoux derrière une jeune fille à quatre pattes. La belle-mère détourna les yeux de l'objet du délit et se signa.

Après l'inévitable moment de stupeur, l'odieux mari se couvrit d'un drap du lit à la manière d'un Jules César d'opérette et chercha en vain l'explication plausible qui pouvait justifier sa présence dans cette chambre en compagnie d'une jeune fille. Il en fut incapable. Il bégaya « je vais t'expliquer… Je ne voulais pas… C'est juste que… ». Ben ouais, il ne trouvait pas les mots pour démentir une réalité qui sautait aux yeux comme une pine au cul.

L'épouse bafouée se lamentait sur le sort cruel qui la frappait, le mari infidèle battait sa coulpe en bafouillant, mais la belle-mère y allait de sa tirade vengeresse :

– Tu n'es qu'un salaud, Luis ! Faire ça à ma fille ! Gros porc ! Et avec une fille qui à l'âge de la tienne ! Ah, doux Jésus ! Dieu du Ciel, qu'avons-nous fait pour que tu nous frappes d'un tel châtiment ! Tu croupiras en Enfer, Luis ! Tu as le diable au corps. Si mon défunt mari était encore de ce monde, c'est lui qui serait venu avec son fusil. Il aurait lavé l'honneur de notre fille dans ton sang. Ton péché est inexpiable, Luis ! Tu as mis le déshonneur dans notre famille, souillé les liens sacrés du mariage, foulé aux pieds la Table des Dix commandements… Moi qui te considérais comme mon propre fils, je te renie ! Je te maudis, infâme traître !

Bon ! Ce n'était pas du Racine… D'ailleurs, la belle-doche ne prétendait pas faire œuvre littéraire et n'aspirait pas à être citée dans le Lagarde et Michard.

Luis Oliveira encaissa. Il se tenait au pied du lit, blafard, le visage décomposé. Il se foutait de griller en enfer, des Tables de la Loi, du crucifié de Jérusalem et de tout le Saint-frusquin de la vieille peau, mais pas de son compte en banque terrestre. C'était elle, la belle-mère, qui était la banquière de sa boîte. C'était elle, la mère de sa femme, qui était la principale actionnaire de son entreprise. Il jeta un œil suspicieux sur Laura allongée sur le lit, le couvre-lit remonté jusqu'au menton. Il se demanda si cette petite salope n'était pas…

Il n'eut pas le temps de répondre à sa question. Un homme entra dans la pièce. Il avait l'allure austère d'un pasteur et le regard froid du bourreau qui s'apprête à exécuter un condamné.

– Maître Jean Guérin, huissier de justice, se présenta-t-il.

CHAPITRE XVI

Un jeune homme à lunettes à monture noire accueillit les deux policiers. Un peu compassé, il se tenait derrière un comptoir sur lequel quelques dépliants vantaient les qualités des réalisations d'Immo Nova. Derrière lui, une photo géante de la piscine municipale était placardée sur un panneau.

Le réceptionniste écarquilla les yeux sur la carte d'OPJ de Leclerc. Celle-ci lui demanda d'annoncer leur visite à Betty Malone.

– Je la préviens, dit le réceptionniste en pianotant fébrilement sur les touches de son téléphone.

Il raccrocha, indiqua que sa patronne allait venir les chercher et proposa aux deux visiteurs de patienter dans une partie du hall aménagée en salon d'attente.

Betty Malone apparut trois minutes plus tard. Elle passa devant le réceptionniste, fit une grimace et l'apostropha :

– Henri, je vous ai déjà dit de ne pas mettre ce parfum. J'ai une sainte horreur de cette odeur. Et puis, n'oubliez pas de retenir deux couverts au Bar Bleu pour treize heures.

– Bien, Madame, répondit le jeune homme en rentrant la tête dans les épaules et en esquivant le regard de sa patronne.

Betty se dirigea vers les policiers d'un pas décidé.

– Bonjour, lança-t-elle comme une pierre. Vous vouliez me voir, dit-elle avec une pointe d'irritation. Suivez-moi dans mon bureau, nous y serons plus à l'aise pour parler.

Mobilier moderne, vaste baie vitrée, des maquettes d'immeubles exposées sur un large plateau, la pièce était un lieu de travail sans décoration, impersonnel et froid.

Un homme serrant un dossier sur sa poitrine se tenait près du bureau. Betty Malone passa devant lui et lui annonça :

– Je n'ai pas le temps de vous recevoir, Simon. Repassez dans une heure.

– Ce n'est pas possible, j'ai une réunion.

– Eh bien, nous refixerons un autre rendez-vous.

– Bien ! Je vous téléphone en fin de matinée, se résigna l'homme en se dirigeant vers la porte.

La patronne d'Immo Nova s'installa derrière son bureau.

– C'est Simon, mon architecte, expliqua-t-elle en désignant du regard deux fauteuils à l'intention des policiers. J'avoue que je suis étonnée par votre visite, déclara-t-elle dans la foulée. Qu'est-ce que vous attendez de moi ?

– Effectivement, nous n'avions pas prévu de vous interroger, expliqua Leclerc, mais au cours de notre enquête, votre nom et celui de votre assistante, Sidonie Carlin, ont été cités.

Betty Malone se contenta de hocher la tête.

– Connaissez-vous Géraldine Marcier ? attaqua Gribovitch.

Betty fronça à peine les sourcils, soutint le regard du policier et répondit :

– Non, ça ne me dit rien. Pourquoi cette question ?

– Parce que vous pourriez la connaître puisque votre assistante la connaît…

– C'est un peu rapide comme déduction, répliqua Betty avec un subtil sourire ironique aux lèvres. Mon assistante ne me présente pas toutes ses amies. En l'occurrence, elle ne m'a pas présenté cette Géraldine. Ou alors, je n'y ai pas prêté attention. Vous savez, je croise un nombre incalculable de gens, sur les chantiers, dans les soirées… Vous ne m'avez pas dit pourquoi vous vous intéressez à cette femme…

– Elle a été assassinée, indiqua froidement Leclerc.

Betty Malone resta impassible. L'information ne semblait nullement la concerner. Gribovitch intervint :

– Vous ne connaissiez pas Géraldine Marcier, peut-être connaissez-vous Catherine Marvil ?

La patronne d'Immo Nova se cala contre le dossier de son fauteuil et, avec une légère inclinaison de la tête sur la droite, adressa un sourire railleur au policier.

– Je vois… Vous êtes un petit malin… Catherine… La belle Cathy, répéta-t-elle rêveuse. Bien sûr, je la connais. Enfin, il y a un bail que nous avons perdu le contact. À propos, que devient-elle ?

– Elle tient une agence de mannequins, précisa Leclerc. Agence de mannequins qui employait Géraldine Marcier ponctuellement.

– Je ne vois pas où vous voulez en venir, souffla Betty Malone.

Gribovitch n'appréciait pas l'air ironique et la morgue de cette ancienne prostituée. C'était un sentiment proche de l'antipathie. Il décida de mettre les points sur les i :

– Je vais vous expliquer. D'abord, Géraldine Marcier n'était pas *que* mannequin. Elle travaillait essentiellement comme call-girl. Il se trouve que votre assistante la connaissait. Je pense que vous la connaissiez également.

Betty Malone marqua son étonnement par un haussement des sourcils. Gribovitch justifia son assertion :

– Elle assistait à la soirée d'inauguration de la piscine municipale où vous étiez présente… Des témoins vous ont vue discuter avec elle… Deux belles femmes ensemble – trois, si je compte votre assistante – ça se remarque.

C'était partiellement faux (le policier n'avait pas entendu de témoins) mais Betty l'ignorait. Si la vérité n'est pas toujours bonne à dire, il est parfois bon de dire un mensonge. Betty s'y laissa prendre :

– Effectivement, j'étais à cette inauguration. Maintenant, je me souviens de cette fille.

– Pourquoi était-elle avec vous ? demanda Gribovitch qui voulait profiter de son avantage.

Betty Malone hésita.

– Parce que… parce qu'elle était là… Elle nous a accompagnées, c'est tout.

– Comment l'avez-vous connue ?

– Je vous l'ai dit : c'était une relation de Sidonie.

– D'accord. Et c'est par hasard que Sidonie fréquentait Géraldine qui travaillait pour Catherine Marvil que vous connaissez également.

Betty Malone resta muette. Elle baissa les yeux sur son bureau et réfléchit quelques secondes.

– Écoutez, dit-elle d'un ton assuré, je ne suis pour rien dans la mort de cette fille.

– Nous n'avons jamais prétendu le contraire, souligna Gribovitch.

– Au cours de cette soirée, Géraldine a-t-elle sympathisé avec l'un ou l'autre des participants ? s'enquit Leclerc.

– Oui, reconnut Betty en refrénant sa satisfaction perverse, Deniut, le maire, a flashé sur elle.

– Et alors ? Que s'est-il passé ?

– Qu'est-ce que j'en sais ? rétorqua Betty agacée par l'insistance de la fliquette. Ils ont discuté ; après, ça ne me regarde pas. Deniut est majeur…

Betty marqua un temps ; elle plissa à demi les

paupières et laissa filtrer un regard pointu sur Gribovitch. « Tu veux du croustillant ? se dit-elle, je vais t'en donner ». Elle estima que l'heure de l'assaut contre Deniut était venue.

– De toute façon, reprit-elle, il ne faut pas avoir beaucoup d'imagination pour deviner ce qui s'est passé. Il est de notoriété publique que Deniut est un chaud lapin. Je ne vous cacherai pas que j'ai dû repousser ses avances plus d'une fois. Sans parler de Sidonie qui ne veut plus le voir sans la présence d'un tiers. Remarquez, si j'avais accepté, cela m'aurait facilité la vie. Bah ! Je ne regrette rien ; Deniut est encore un bel homme mais il y a certaines pratiques que je ne peux supporter…

– C'est-à-dire ?

Betty tourna les yeux vers Leclerc et feignit d'hésiter avant de répondre :

– C'est difficile à dire… Deniut est un adepte de l'amour vache… Je le savais par la rumeur mais Géraldine l'a confirmé à Sidonie : Deniut pratique le sadomasochisme. C'est le genre de truc qui me répugne.

Les deux policiers échangèrent des regards sceptiques. Gribovitch changea de registre :

– En dépit de votre refus de répondre aux avances de Deniut, votre société semble entretenir de bons rapports avec la mairie. La piscine, le projet de La Ferronnerie…

– C'est vrai… Quoique le vent semble tourner. La Ferronnerie ne m'est pas acquise. Deniut fait jouer la concurrence, comme il en a le droit et l'obligation. Ce n'est pas gagné… À moins que je ne cède à ses désirs… Je plaisante. Fort heureusement, ce n'est pas aussi simple. Dans ce genre de marché, coucher ne suffit pas… Deniut demande plus…

– Quoi, par exemple ?

La patronne d'Immo Nova n'eut pas à formuler sa pensée ; un regard suffit à faire comprendre à Gribovitch qu'elle le prenait pour un demeuré. Toutefois, elle répondit :

– Je ne vais pas vous faire un dessin. Comment imaginez-vous que les politiques paient leurs frais de campagne électorale et leur propagande ?

– Vous accusez le maire de bénéficier de financements occultes ?

– Je ne dis pas ça. Je n'ai aucune preuve et je ne m'aventurerais pas sur ce terrain. Pour ma part, je n'ai jamais marché dans ce genre de combine. J'espère seulement que mon projet pour La Ferronnerie sera retenu pour ses qualités.

– À propos de concurrence, rebondit Leclerc, vous savez ce qui est arrivé à Luis Oliveira ?

La patronne d'Immo Nova prétendit l'ignorer. Leclerc l'informa :

– Il est en garde à vue et sans doute sera-t-il mis en examen pour relations tarifées avec une mineure.

– Ah, oui ? Ça ne m'étonne qu'à moitié, ricana Betty Malone…

L'air interrogatif des policiers la poussa à éclairer leur lanterne :

– C'est connu : Oliveira est un habitué des camping-cars qui fleurissent sur les bords de certaines routes nationales. Et comment s'est-il fait prendre ?

– Vous ne savez pas ? affecta de s'étonner Leclerc. Pourtant les conditions de son arrestation ont fait du bruit. Sa femme et sa belle-mère ont reçu un appel téléphonique anonyme les informant que leur mari et beau-fils étaient avec une jeune fille. Elles ont débarqué dans la chambre d'hôtel où il était en pleine action. Circonstances aggravantes, la fille était mineure. Oliveira a nié le savoir mais il n'a pas pu prouver sa bonne foi.

– Ça devrait servir vos intérêts, glissa perfidement Gribovitch.

Betty Malone offrit son plus beau sourire au flic sans le démentir.

– Peut-être… Peut-être, dit-elle.

CHAPITRE XVII

La surveillance de l'agence de mannequins avait donné des résultats. Les écoutes téléphoniques, la filature de certaines filles, permettaient aux policiers d'établir la preuve de l'existence d'un réseau de prostitution dont l'organisatrice était Catherine Marvil. La perquisition des locaux de l'agence et celle de l'appartement de sa directrice avaient également rapporté sa moisson de documents instructifs sur l'organisation.

Placée en garde à vue, Catherine Marvil subissait son premier interrogatoire. Assise face à une table qui la séparait de Gribovitch et Leclerc, l'ex prostituée reconvertie en mère maquerelle faisait front.

– Bien ! Les faits sont établis, déclara Gribovitch. Sous couvert d'une agence de mannequins, tu fournissais contre rémunération une riche clientèle en jeunes femmes et prélevais ta dîme au passage.

Catherine Marvil ne broncha pas. Il était inutile de nier mais elle ne voulait pas donner aux flics le plaisir d'entendre son aveu. Gribovitch tenait quand même à exposer les preuves et il poursuivit :

– Cinq filles ont reconnu travailler pour toi. Elles te versaient vingt pour cent de leur recette. De plus, lors de la perquisition de ton domicile, nous avons mis la main sur un livre de comptabilité secrète sur lequel sont enregistrés tous les versements. C'est toujours imprudent de laisser des traces écrites, pointa Gribovitch en aparté. Franchement, je te croyais plus futée… Tu as pourtant de l'expérience…

Catherine Marvil était affalée sur sa chaise, les épaules basses, la tête inclinée ; elle abandonna un instant l'examen de ses ongles pour lever les yeux sur le policier. Puis, sans manifester le moindre sentiment, elle s'intéressa de nouveau à ses doigts.

Leclerc prit le relais :

– Allons, Alex ! Ne sous-estime pas notre cliente. Ce livre de compte ne sert pas uniquement à enregistrer les gains de ses filles. Elle n'a pas besoin de ça pour savoir qui lui rapporte de l'oseille et combien. En revanche, elle a des comptes à rendre…

– C'est vrai, ça, enchaîna Gribovitch, tu as des comptes à rendre ?

Catherine Marvil se redressa et souffla fortement mais ne répondit pas.

– Dans ta partie, on a toujours besoin d'un protecteur, poursuivit le policier. Ta petite entreprise rapportait gros. Elle pouvait attiser les appétits, et sans protection, tu devenais une proie tentante pour les mauvais gars du Milieu. Donc ma collègue a raison, tu dois avoir un protecteur – disons un associé qui assure la sécurité de ton bizness – que tu paies évidemment.

– No comment, émit lapidairement la maquerelle.

Leclerc intervint :

– Je comprends que tu ne veuilles rien lâcher. Ça n'a pas d'importance. De toute façon, on a déjà notre petite idée.

Dédaigneuse, Catherine Marvil haussa les épaules et se leva.

– C'est fini ? Je peux retourner dans ma cage, lança-t-elle.

– Holà ! s'exclama Gribovitch, tu te crois où ? À un dîner de gala ? Rassieds-toi ! On a encore quelques questions annexes à te poser. Et je pense que tu vas être plus loquace, car cette fois il s'agit de meurtre.

Catherine Marvil se figea, ses traits se durcirent.

– Qu'est-ce que voulez me mettre sur le dos ? s'inquiéta-t-elle en reprenant place sur sa chaise. Géraldine ! C'est ça ? explosa-t-elle.

– Exact, confirma Leclerc. Raconte-nous ce que tu sais sur elle.

– Je vous ai déjà dit tout ce que je savais.

– Non. Tu ne nous as pas parlé de tes problèmes avec elle. Elle voulait voler de ses propres ailes et tu n'as pas apprécié. Il est vrai que c'était ta meilleure gagneuse, si l'on en croit ta comptabilité.

– Et vous croyez que je l'ai fait descendre pour ça !

– On ne croit rien, affirma Gribovitch, on constate que tu n'avais pas envie de perdre une fille de qualité.

– Bon ! Ne tournons pas autour du pot, s'énerva Leclerc, on a deux témoins qui déclarent avoir entendu des menaces de ta part à l'encontre de Géraldine. D'autre part, une de tes filles nous a dit qu'elle-même avait eu le privilège de recevoir la visite de deux types chargés de la remettre dans le droit chemin. Tu vois les langues se délient. Et je pense que ce n'est que le début du déballage. Quand on est dans la panade, il y a toujours des gens bien intentionnés qui vous y enfoncent un peu plus.

Catherine Marvil crispa les mâchoires et darda un regard acéré sur les deux policiers. Elle resta silencieuse quelques secondes, inspira fortement par le nez avant de parler.

– D'accord, admit-elle, je ne voulais pas perdre Géraldine mais je n'ai envoyé personne pour la corriger. Vous vous gourez total. Géraldine avait un sale caractère mais je savais qu'elle ne me lâcherait pas. Je lui trouvais de bons clients…

Gribovitch l'interrompit sèchement :

– Okay ! Tu étais une bonne mère maquerelle. Passons sur le sujet. Il y a un autre point que nous aimerions éclaircir : tes relations avec ton ancienne collègue de tapin, Betty. Explique-nous comment Géraldine a pris contact avec elle ? Et ne me dis pas que tu n'étais pas au parfum.

– C'est Betty elle-même qui m'a contactée. Elle

est venue directement à l'agence et m'a demandé si j'avais une fille de confiance pour une mission spéciale. Je n'ai pas posé de question. Je lui ai proposé Géraldine qui avait exactement le physique qu'elle recherchait. Betty a réglé la note. C'est tout ce que je sais.

Dans ses grandes lignes, l'histoire paraissait plausible. Cependant, les policiers subodoraient qu'elle était tronquée. Ils se doutaient qu'il y avait une suite. Leclerc se chargea de la faire sortir de la bouche de la maquerelle :

– Après sa mission, tu as interrogé Géraldine. Qu'est-ce qu'elle t'a raconté ?

– Je ne l'ai pas interrogée, se récria Catherine Marvil. Les histoires de cul ne m'intéressent pas.

– Allons, allons, Catherine ! Ne nous prends pas pour des billes. On sait que tu l'as revue et cuisinée après sa mission.

Affirmation gratuite mais logique. La maquerelle cogita quelques secondes sur ce qu'elle pouvait avouer. Leclerc mit la pression :

– Tu es mal partie dans cette affaire. Proxénète, c'est une chose. Un meurtre, c'est autre chose. Alors, je te conseille de cracher ce que tu sais si tu veux te dédouaner parce que pour le moment ton petit problème avec Géraldine fait de toi un suspect plus qu'intéressant.

– Vous êtes de beaux fumiers ! se soulagea Catherine Marvil. Oui, Géraldine m'a parlé de son client, se résigna-t-elle à reconnaître. Elle m'a expliqué que c'était un homme politique. Betty lui a demandé de le séduire et de lui rapporter des preuves…

– Des photos ?

– Oui…

– Tu les as vues ?

– Non, aucun intérêt. D'après Géraldine, le mec était un bon baiseur mais dans le genre classique. Il n'avait pas de perversion particulière.

– Elle l'a vu combien de fois ? s'enquit Gribovitch.

– Au départ, c'était prévu pour deux fois. Mais le mec avait l'air mordu et Betty a demandé à Géraldine de continuer. Ça ne s'est pas fait parce que Géraldine avait d'autres projets en tête. En fait, je pense qu'elle n'aimait pas Betty. Ça n'a pas collé entre elles. Le mec, lui, aurait bien continué. Il a rappelé Géraldine plusieurs fois… Elle n'a pas donné suite.

– Dis-moi, tu n'aurais pas gardé quelques exemplaires des photos ?

La maquerelle se fendit d'un petit sourire en répondant à la question de Gribovitch :

– Vous avez foutu le souk dans mes bureaux et chez moi. Vous avez trouvé une photo ? Non. Ça vous suffit comme réponse ?

– Un point pour toi, concéda Gribovitch.

Les policiers étaient curieux et désiraient en savoir plus sur les liens qui unissaient les deux ex-putes.

– Dis-moi, reprit Gribovitch, tu fréquentes Betty

depuis quelques années…

Catherine Marvil confirma d'un battement de paupières.

– Tu la connais bien, poursuivait le policier.

– Je la connais bien, mais je n'ai rien à en dire, se rebiffa Catherine Marvil.

CHAPITRE XVIII

Deux paires de zéros séparées par deux points s'affichaient sur le cadran du réveil digital posé sur la table de chevet. Il était minuit. Sidonie était allongée nue à la droite de Fabien qui roupillait comme un bienheureux après une copulation particulièrement réussie.

Sidonie ne dormait pas. Elle n'était pas insatisfaite ; bien au contraire, elle avait été comblée. Fabien lui avait fait l'amour divinement. Son insomnie avait une autre cause. Des pensées contradictoires se bousculaient dans sa tête. Fabien et Betty étaient au centre de son conflit intérieur. Elle devait tout à Betty. Mais maintenant, Fabien lui apportait tout ce qu'elle désirait. Et les deux « tout » étaient incompatibles. Ce qu'elle vivait avec son amant contrastait avec ce que lui faisait subir sa maîtresse. Depuis la séance *uro,* elle se sentait en danger. Betty allait toujours plus loin dans la perversité comme si elle voulait renforcer sa domination, et Sidonie appréhendait ses colères. Betty devenait dangereuse pour sa santé physique et mentale. Seulement, quelque chose la retenait encore à cette femme.

La jeune femme se leva. Elle sortit de la chambre et se dirigea vers la cuisine. Elle se servit un verre d'eau puis eut envie de quelque chose de fort. L'alcool, pensait-elle l'assommera et chassera ses idées noires.

Elle entra dans le bureau de Fabien et se dirigea vers le meuble où se trouvait un échantillonnage de bouteilles.

La lumière la surprit, elle se redressa et pivota. Fabien se tenait sur le seuil.

– Qu'est-ce que tu cherches ?

La question prononcée avec agressivité cingla Sidonie comme une gifle. Elle comprit que Fabien se méprenait sur ses intentions.

– Rien, je ne cherche rien, ânonna-t-elle... Je voulais boire un peu d'alcool pour m'aider à dormir.

Fabien avança dans la pièce en jetant un œil suspicieux sur Sidonie et son bureau.

– Tu ne trouveras rien ici. Si tu cherches des dossiers qui intéressent ta patronne, tu n'as pas de chance, tout est en sûreté.

– Je te jure... Je ne suis pas venue pour...

– Tais-toi ! ordonna Fabien. On m'avait prévenu qu'il ne fallait pas te faire confiance. Maintenant, j'ai la preuve que tu es bien une salope prête à tout pour satisfaire ta garce de patronne. On dit même que c'est plus qu'une patronne...

Sidonie vacilla. Elle ne sentait plus ses jambes.

Elle prit appui sur le bord du bureau et progressa lentement jusqu'au fauteuil dans lequel elle s'effondra. L'avocat observait cette fille au visage tourmenté, belle comme un ange, mais qui pourtant se comportait en démon. Il ne devait pas se laisser attendrir.

– Allez ! Lève-toi et tire-toi ! s'écria-t-il. Je t'ai assez vue. Va retrouver ta patronne. Et dis-lui que je vais lui faire payer ses méthodes.

Des larmes coulaient sur les joues de la jeune fille. Elle renifla et se leva. Elle inspira, déglutit et parla d'une voix cassée :

– Écoute, Fabien, je te comprends. Je vais partir mais avant écoute-moi. Je ne pense pas pouvoir te convaincre… Je sais ce qu'on a pu te dire sur moi et Betty, je sais que les apparences sont contre moi. Tu m'as surprise dans ton bureau et tu ne me crois pas quand je dis que je voulais seulement prendre un verre d'alcool… Je ne peux pas te le reprocher. Jusqu'à ce que je te rencontre, j'étais effectivement un instrument docile dans les mains de Betty.

Le poids du corps déporté sur une jambe, Fabien croisa les bras et, le regard transperçant la jeune femme, il attendit la suite avec la ferme intention de ne pas se laisser avoir.

– Je t'écoute, dit-il curieux de connaître ce que Sidonie dévoilerait de ses relations avec la patronne d'Immo Nova.

Sidonie soupira, tourna la tête vers le meuble contenant les bouteilles d'alcool et demanda :

– Je peux ?

Fabien acquiesça d'un coup de menton et suivit des yeux les gestes maladroits de la jeune femme. Sidonie se servit un verre de vodka, avala une gorgée et se laissa tomber entre les bras du fauteuil pendant que Fabien l'observait avec irritation.

– Il y a plusieurs années que je suis avec Betty, expliqua Sidonie. Elle m'a aidée à sortir de la merde où j'étais. À l'époque, elle venait de perdre son second mari et elle avait repris la direction d'Immo Nova qui végétait. Elle m'a formée. Je suis devenue son assistante de direction.

– Abrège, ce qui m'intéresse, c'est le présent.

– Oui, bien sûr, admit Sidonie. La boîte s'est développée grâce à Betty. Elle a su manœuvrer avec des moyens pas toujours clairs. C'est comme pour La Ferronnerie. Betty se doutait que Deniut n'avait pas l'intention de lui donner le marché. Elle a décidé de lui mettre la pression… Elle a recruté une fille mais ça n'a pas marché tout à fait comme elle le voulait. Bien sûr, Deniut a couché avec Géraldine en ne sachant pas que c'était une pute payée par Betty… Betty espérait que la liaison durerait. Et puis, cette fille a été assassinée…

– Tu ne m'apprends rien, l'interrompit l'avocat.

– Ce que tu ne sais pas – et que personne ne sait – c'est que Betty a quelques photos des rencontres de Deniut avec Géraldine… Je les ai vues et je peux te dire qu'elles sont gratinées…

Fabien en laissa tomber ses bras et s'exclama :

– Quoi ? C'est une vraie garce, ta Betty.

Sidonie en convint d'un hochement de tête et rapporta un autre fait d'armes de sa patronne :

– Tu as entendu parler de ce qui est arrivé à Oliveira ?

– Oui, bien sûr, il m'a demandé de le défendre.

– Eh bien, continua Sidonie, c'est Betty qui a monté le coup. Elle a appris – je ne sais comment – que Deniut avait passé un pré-accord avec le Portugais. C'est elle qui a mis la môme dans les pattes de cet abruti. Elle a donné cinq cents euros à la fille pour coucher avec Oliveira et la prévenir quand elle serait dans la chambre. Ensuite, elle a appelé l'épouse…

Fabien en resta silencieux. Il secoua la tête plusieurs fois et considéra Sidonie avec étonnement et scepticisme. Ce qu'elle lui avait révélé n'était pas anodin. Il fit quelques pas vers le bureau sans quitter la jeune femme des yeux.

– Pourquoi ce soudain déballage ? demanda-t-il. Ce que tu me racontes est lourd de conséquences pour toi et ta patronne…

– Je sais… J'ai honte de trahir Betty… Sans elle, je ne serais sans doute pas vivante. Je reviens de loin…

– Alors, pourquoi tu m'as dit tout ça ?

Sidonie soupira et avala une longue rasade de vodka. Elle reposa lourdement le verre qui résonna contre le bureau.

– Je t'ai parlé parce que quelque chose a changé,

avoua-t-elle. J'ai pris conscience que ça ne pouvait plus durer avec Betty. Et si je me suis levée, ce n'était pas – comme tu le crois – pour fouiller dans tes dossiers mais parce que cette situation est devenue intolérable et que je n'arrivais pas à m'endormir.

– Attends ! Qu'est-ce qui est devenu intolérable ? Ne me dis pas que tu as eu tout à coup un problème de conscience…

– Non. Je ne me sens pas coupable par rapport à Deniut ou Oliveira. Ce sont des bonshommes qui ont eu ce qu'il méritait. Après tout, ils n'étaient pas obligés de coucher avec ces filles.

– C'est quoi, alors ?

– Je ne supporte plus mes rapports avec Betty. Je ne peux pas t'expliquer… Je pense que je vais devenir folle si je continue avec elle… Je crois qu'elle devient incontrôlable… Je te dirai peut-être un jour ce que je vis.

– D'accord. Mais alors, qu'est-ce qui te retient de la quitter ?

Sidonie inclina la tête sur sa poitrine et resta silencieuse un long moment. L'alcool commençait à brouiller ses idées. La question de Fabien la renvoyait à ses contradictions. Elle leva les yeux et contempla son amant. Il se tenait près d'elle et ne paraissait plus hostile. Elle avala sa salive avant de s'exprimer :

– Je ne sais pas ce qui m'empêche de partir. Je te l'ai dit, Betty m'a sauvé la vie. Et plus, elle m'a aidée à revivre… Quand je dis qu'elle m'a sauvée la vie, ce n'est pas une image… À l'époque, j'étais camée et je vivais avec un type violent qui me tabassait et voulait me faire travailler pour lui… Sans Betty, c'est certainement ce qui serait arrivé car je n'avais pas la force ni la volonté de résister…

– Qu'est-ce qu'elle a fait ?

Un silence lourd ponctua la question. Sidonie leva les yeux vers Fabien. Elle crut lire de la tendresse dans son regard et se dit qu'elle ne pouvait rien lui cacher. Mais le fil ténu qui la reliait à Betty la retenait encore. Les mots ne pouvaient sortir de sa bouche. Fabien l'aida à formuler ce qu'elle hésitait à avouer :

– Elle l'a tué ? C'est ça ?

Sidonie put alors parler.

– Oui, elle l'a tué. Il n'y avait pas d'autre solution. C'était lui ou moi.

Fabien posa une main sur l'épaule de Sidonie.

– Viens te recoucher, dit-il en la serrant contre lui, on reparlera de tout ça demain.

Sidonie se sentit rassurée.

– Tu sais, ça m'a soulagée de te parler, murmura-t-elle. Mais, s'il te plaît, n'en parle à personne.

Fabien savait déjà ce qu'il allait faire. Il n'était pas fier de sa décision et préféra botter en touche :

– Ne t'inquiète pas, dit-il.

CHAPITRE XIX

Au volant de la Mégane de service, Gribovitch suivait les directives de sa collègue qui, en l'occurrence, jouait au copilote. Elle désigna la première rue à droite et annonça :

– On est arrivé, c'est au numéro trois.

– Bien, Sophie ! On dit que les femmes ne savent pas lire une carte… Toi, tu te débrouilles pas mal. On n'a pas galéré… Droit au but…

– Qui a dit cette ineptie ? D'où sors-tu cette absurdité machiste ?

– Ce n'est pas machiste, c'est un constat quasi scientifique.

– C'est marrant, ça ! Vous les mecs, vous ne retenez que ce qui vous arrange dans la science.

– Pas du tout ! En quoi ça m'arrange que les femmes se débrouillent mal avec une carte géographique ?

– Le pouvoir, Alex ! Le pouvoir des mâles…

– Excuse-moi, Sophie, à l'heure du GPS, je vois mal où est le pouvoir dans le fait de lire une carte routière. C'est connu et reconnu, les femmes ont moins de facilités que les hommes à se repérer dans les grands espaces. Ce qui ne veut pas dire que le sens de l'orientation est une compétence exclusivement masculine. Ça n'a rien de génétique, c'est certainement un héritage du temps où les mâles partaient à la chasse pendant que les femelles restaient dans la caverne à élever les bambins préhistoriques. Par nécessité, les mecs ont appris à s'orienter… Et parallèlement, les femmes confinées dans leur grotte ont développé leurs capacités orales… Tiens ! Sais-tu que les femmes – en moyenne – ont plus de vocabulaire que les hommes et qu'elles sont plus à l'aise qu'eux dans le maniement des mots. C'est machiste, ça ?

– Mais oui, c'est machiste ! rétorqua Leclerc, ça renforce les clichés de la femme pipelette et de l'homme actif.

– T'es incroyable ! Sous prétexte d'égalité et de féminisme, tu nies toutes les différences comportementales entre hommes et femmes.

Leclerc n'était pas à bout d'arguments et contre-attaqua :

– Dis donc, en quelques milliers d'années, tu ne crois pas que les femmes ont eu le temps d'apprendre à sortir de leur caverne sans se perdre et que les hommes ont appris à dire autre chose que « passe-moi la massue » ?

– Certainement, Sophie, certainement… N'empêche, ce n'est pas si loin que ça.

– C'est sûr, confirma Leclerc… Il a fallu attendre 1945 pour obtenir le droit de vote pour les Françaises et il n'y a pas si longtemps que les femmes sont sorties de leur grotte moderne avec cuisine équipée et salon Ikéa.

Un coup de klaxon interrompit la discussion. Sophie pivota la tête, jeta un œil par la lunette arrière et conseilla à Gribovitch de faire son créneau parce qu'il bloquait la rue.

Trois minutes plus tard, les deux policiers se trouvaient devant le portail d'une villa dont ils apercevaient le toit d'ardoises au-dessus du mur cernant un vaste jardin.

Gribovitch appuya sur le bouton de l'interphone et annonça son nom et qualité.

Betty Malone se tenait sur le perron de la maison. Vêtue d'un jean et d'un chemisier blanc, elle observa sans plaisir les deux policiers remonter l'allée qui menait jusqu'à elle.

– Bonjour, dit-elle sèchement, je ne m'attendais pas à vous revoir…

– Désolée de vous déranger, s'excusa hypocritement Leclerc. Nous avons encore besoin de vous poser quelques questions.

La patronne d'Immo Nova fit un geste fataliste de la main et invita les policiers à s'installer sous le parasol abritant une table de jardin. Elle s'assit face à Leclerc.

– Je vous écoute, dit-elle.

Gribovitch eut envie de lui dire qu'ils étaient là

pour l'écouter et non l'inverse. Il s'abstint et laissa la parole à sa collègue.

– Nous avons eu quelques informations qui nous amènent à reconsidérer votre situation dans l'affaire Géraldine Marcier. D'après Catherine Marvil, c'est vous-même qui avez recruté Géraldine. Selon un autre témoignage digne de confiance, c'était dans le but de faire chanter Deniut.

– Qu'est-ce que vous racontez ! Ce n'est pas moi qui ai forcé Deniut à mettre cette fille dans son lit.

– Certainement, admit Leclerc. Toutefois, c'était votre but ; vous vouliez avoir un moyen de pression dans la négociation concernant le chantier de La Ferronnerie. Par ailleurs, ce même informateur nous a déclaré que vous aviez monté le piège dans lequel Oliveira est tombé…

– C'est du délire ! s'écria Betty Malone. Votre témoin est un mythomane qui veut ma perte. Qui est-ce ?

– Vous le saurez plus tard. En tout cas, ce n'est pas un affabulateur. Et puis, deux de nos collègues interrogent la mineure qui a servi d'appât. Il ne fait aucun doute qu'elle parlera.

– Et alors ? Ça n'excuse pas Oliveira.

– Non… concéda Leclerc. Oliveira devra assumer la responsabilité de son acte et sera sanctionné mais cela ne vous absout pas de votre responsabilité morale.

Betty Malone ricana.

– Responsabilité morale ? Vous vous fichez de

moi ! Est-ce que les hommes qui me payaient pour me baiser se préoccupaient de leur responsabilité morale ? Est-ce que ce fumier de Deniut s'occupe de sa responsabilité morale quand il encaisse ses commissions ? Allons, votre responsabilité morale, je me torche avec. Il n'y a qu'une seule règle dans la vie : être la plus forte. Sinon, un plus fort vous bouffe.

– Vous pouvez penser ce que vous voulez à ce sujet, intervint Gribovitch, ce n'est pas une question qui nous intéresse. En revanche, nous nous intéressons à un fait précis : le meurtre de Géraldine Marcier. Vous nous avez menti en nous disant que vous ne la connaissiez pas. Vous avez menti en nous affirmant que vous ne saviez pas ce qu'était devenue Catherine Marvil, alors que vous l'avez rencontrée pour engager Géraldine. De plus, vos manœuvres à l'encontre de Deniut et Oliveira prouvent que vous n'hésitez pas à employer des moyens douteux pour parvenir à vos fins.

– C'est de la pure calomnie. Tout est faux. J'ai bien revu Catherine mais je n'ai pas engagé Géraldine. Et je n'ai jamais cherché à faire chanter Deniut. A-t-il porté plainte ? Non !

– Ce n'est pas tout, attaqua le policier, nous nous sommes intéressés à votre assistante, Sidonie Carlin, qui comme vous le savez a un lourd passé. La connaissiez-vous quand elle était sous la coupe d'un proxénète nommé Ahmed ?

Betty Malone ne put réprimer une expression de stupeur.

– Je vois que ce nom vous rappelle quelque chose, releva Gribovitch. Vous saviez qu'il a été tué de trois balles de 22lr dans la tête ? Une exécution parfaite. Jusqu'à ce jour, on ignore qui avait fait le coup… Et puis, un nouvel élément est apparu et, comme le délai de prescription de dix ans n'est pas écoulé, les enquêteurs ont décidé de l'exploiter avec cette fois une bonne chance d'éclaircir cette affaire.

Betty Malone avait repris très rapidement contenance et contre-attaqua :

– Pourquoi me parlez-vous de ce type que je n'ai jamais vu. Bien sûr que je connais son nom. Sidonie m'en a parlé. Je sais aussi qu'il a été descendu… Vous ne pensez pas que c'est moi qui l'ai abattu ?

– L'enquête suit son cours, comme on dit… balança froidement le policier.

– Revenons à Géraldine Marcier, enchaîna Leclerc. Je pense que vous ne nous avez pas tout dit à son sujet.

Betty voulut intervenir. La policière l'en empêcha :

– Laissez-moi terminer afin que nous ne perdions pas de temps. Après qu'elle a couché avec Deniut, vous avez dû revoir Géraldine, ne serait-ce que pour avoir un compte rendu… Dites-nous comment s'est passée cette entrevue.

– Effectivement, Géraldine m'a raconté les frasques de Deniut, comme on le fait entre copines qui parlent de leurs bons coups.

– Que vous a-t-elle dit exactement ?

– Elle ne m'a pas donné de détails. Je lui avais recommandé Deniut. Elle l'a fait. Je ne lui ai rien demandé de plus.

– D'accord… Géraldine vous a-t-elle dit qu'elle avait pris des photos – peut-être même une vidéo de ses ébats ?

– Des photos ? répéta Betty Malone sur un ton dubitatif. Vous êtes têtue ! Je n'en sais rien. Si Géraldine en a pris, elle ne m'en a rien dit. Deniut l'a peut-être appris et a voulu les récupérer… Vous avez pensé à cette éventualité ?

– Nous envisageons toutes les hypothèses, l'assura Gribovitch. Nous travaillons par élimination. Et je vous avouerais qu'il nous reste une poignée de suspects.

– Et bien entendu, j'en fais partie, ajouta Betty Malone d'un ton sarcastique. Sinon, vous ne seriez pas ici.

Les policiers ne confirmèrent ni n'infirmèrent les propos de la patronne d'Immo Nova. Ils se levèrent.

– Bien, Madame Malone, conclut Gribovitch, nous en resterons là pour aujourd'hui… Votre assistante n'est pas là ?

– Non, elle revient demain.

CHAPITRE XX

Gribovitch savourait sa Gitane blonde en contemplant le ciel nuageux à travers les carreaux de la fenêtre de la cuisine. Un bol de café complétait son plaisir matinal. Un journal qu'il avait parcouru distraitement était déployé sur la table.

Quand Sophie entra dans la cuisine, elle le surprit dans cette attitude de penseur inspiré et le taquina :

– Tu médites sur la mort de Louis XVI ou sur la conjecture de Poincaré ?

– Ni l'une ni l'autre, répondit Gribovitch à sa coéquipière et cohabitante en évitant de s'attarder sur ce que ne cachait pas sa nuisette, à savoir ses cuisses et, par les échancrures latérales, le galbe des seins.

En dépit de leur pacte de neutralité sexuelle, cette promiscuité lui rappelait qu'il était un homme. Pour sublimer cette réalité, il désigna le journal et pointa du doigt un article sur l'insécurité.

– Quelle tarte à la crème ! commenta-t-il.

Sophie jeta un œil sur le titre de l'article tout en

versant du café dans un mazagran.

– Je ne vois pas le rapport entre une tarte à la crème et l'insécurité, constata-t-elle.

– La tarte à la crème est un gag vieux comme le cinéma. L'insécurité est aussi vieille et fait toujours recette, comme la tarte à la crème, expliqua Gribovitch. Les journaux en faisaient déjà leurs choux gras à la fin du XIXe siècle et au début du XXe. Et elle était certainement aussi présente qu'à notre époque, sinon plus.

– Et alors, ça reste un problème.

– Oui, mais ce qui m'exaspère, c'est son instrumentalisation politique. Sous prétexte de lutte contre l'insécurité, on est fliqué en permanence.

Sophie pouffa et faillit s'étrangler avec une gorgée de café.

– Tu te rends compte de ce que tu dis, Alex ? remarqua-t-elle quand elle retrouva sa voix. C'est quoi, ton boulot ?

Gribovitch admit qu'il n'était pas le mieux placé pour critiquer le flicage et bifurqua sur un autre sujet :

– Je ne pensais ni à la mort de Louis XVI ni à la conjoncture de Poincaré…

– La conjecture, Alex. Pas la conjoncture, rectifia Leclerc avec un accent tonique sur le « jec » et le « jonc ».

– D'accord. Je laisse sa conjecture à Poincaré, vu que je n'ai pas de compétence en mathématiques. Donc, très simplement, je réfléchissais à la mort de

Géraldine Marcier.

– Je t'écoute, Alex. Il n'y a rien qui ne me réjouisse plus que de parler boulot au petit'déj'.

– D'accord. J'attendrai d'être au bureau pour t'en parler… Qu'est-ce que t'es conventionnelle !

– Mais non. Vas-y, confie-moi le résultat de tes cogitations matutinales. Tu as trouvé l'assassin ? Si c'est le cas, je vais me recoucher. Je ne sais pas ce que j'ai, je dors mal.

– C'est le printemps qui te travaille.

– C'est ça ! Les petits oiseaux, le soleil, la sève qui monte dans les tiges des fleurs… Figure-toi que je n'attends pas le printemps pour m'envoyer en l'air. Alors, ça vient, cet exposé ?

Gribovitch se resservit une dose de café, replia le journal avant de s'exprimer.

– Tu n'iras pas te recoucher, dit-il, car je n'ai pas découvert l'assassin de Géraldine. En revanche, nous avons quelques candidats sérieux. Je commence par qui ?

– Disons, la maquerelle, proposa Leclerc.

– Effectivement, elle a un mobile, plus ou moins solide : le lâchage de sa call-girl préférée. Et puis, selon le témoignage de l'une de ses filles, elle avait des hommes de main qui, à l'occasion, remettaient les filles indociles dans le droit chemin. On peut imaginer qu'il y a eu un dérapage et que le type censé lui rappeler les règles du Milieu l'a tuée et a tenté de maquiller le crime.

– C'est possible, reconnut Leclerc. Le seul moyen

de le prouver est de retrouver le type. Et pour le moment, on a pas de piste.

– En deuxième, il y a Betty Malone.

– Ce serait quoi, son mobile ?

– Je n'ai que des hypothèses, regretta Gribovitch. La maquerelle nous a dit que les deux femmes ne s'entendaient pas. Il y a peut-être eu un problème entre elles.

– Lequel ? demanda pertinemment Leclerc.

Gribovitch resta silencieux et pensif.

– C'est bien là que se trouve le problème. Je ne vois pas de mobile clair. En admettant que la maquerelle n'ait pas menti, l'antipathie n'est pas un motif suffisant pour mettre un suspect en taule. Quoiqu'il y ait des juges pour qui ça suffit.

– D'accord, admit Leclerc, mais rappelle-toi ce que nous a révélé l'avocat. Il tient de Sidonie que Betty a buté son maq'.

– Oui, mais Sidonie n'est pas prête à témoigner. Et pour l'heure, nous n'avons aucune preuve.

– Il y a quand même beaucoup de morts violentes ou suspectes dans l'orbite de cette femme, nota Leclerc. Deux maris, un maquereau, une pute... À mon avis, si Géraldine la gênait, elle n'a pas hésité à s'en débarrasser, comme elle n'a pas eu d'états d'âme pour envoyer Oliveira en taule. En tout cas, elle me semble tout à fait capable de passer à l'acte.

Gribovitch approuva :

– Je suis de ton avis. Seulement, il ne suffit pas d'en avoir l'intime conviction... On n'a ni preuve ni mobile clair. (Gribovitch soupira avant de reprendre) Dernier de la liste : Deniut. Conjecturons comme dirait Poincaré : Deniut apprend que Géraldine a été payée par Betty pour le séduire et prendre des photos de leurs ébats. Il coince la pute chez elle, ça se passe mal, il pète un plomb… Ça se tient ?

– Oui, Alex, ça se tient. Mais comme la conjecture de Poincaré, c'est plutôt coton à démontrer. Il a fallu attendre plus d'un siècle pour résoudre le problème. Tu vois, on a encore du temps devant nous.

Leclerc se leva.

– Je vais me préparer, annonça-t-elle. Et Sidonie, lança-t-elle, faudrait peut-être s'occuper de son cas. Elle a dit beaucoup de choses à l'avocat. Elle en a encore peut-être d'autres à raconter.

Gribovitch acquiesça.

CHAPITRE XXI

Betty Malone était sur la terrasse, allongée sur une chaise longue, une revue sous les yeux qu'elle parcourait sans attention.

Quand elle entendit la Clio de Sidonie rouler sur le gravier de l'allée, elle sentit son sang bouillonner dans ses veines. Elle s'efforça à respirer lentement.

Elle vit Sidonie venir vers elle d'un pas alerte dans la lumière solaire de la fin de l'après-midi. Malgré le contre-jour, Betty distingua son visage rayonnant. Cette gaîté apparente la mit en rage mais elle se contrôla.

– Salut ! lança Sidonie. Rien de nouveau ? Pas de visite ?

Betty posa sa revue sur le sol, près du transat, et contempla Sidonie en répondant à ses questions :

– Si, j'ai eu de la visite. Et il y a du nouveau.

– Ah… émit Sidonie qui eut soudain la sensation dérangeante que Betty la scrutait comme un animal répugnant. Elle eut envie de reprendre sa voiture et fuir mais elle savait que cela était impossible.

– Qu'est-ce que tu as ? osa-t-elle demander. On dirait que quelque chose te tracasse.

– Oui, tu as deviné. Tu ne me demandes pas qui est venu ?

– Si, bien sûr. J'allais te le demander.

Betty se leva et toisa Sidonie d'un regard méprisant. Puis, elle se détourna brusquement et fit quelques pas jusqu'à une table sur laquelle se trouvait une bouteille de Martini. Elle se servit et revint vers Sidonie en buvant.

– Les flics sont venus, dit-elle. Ils m'ont interrogée sur Deniut et Géraldine.

– Qu'est-ce qu'ils voulaient savoir ?

Betty retourna vers le transat en répondant :

– Oh, rien de bien méchant. Ils voulaient savoir comment j'avais connu Géraldine… Quels étaient mes rapports avec le maire…

– C'est tout ? s'étonna Sidonie.

– Eh oui. De toute façon, ils ne peuvent rien contre moi. Et toi ? Comment s'est passée ta journée ? Ça s'est bien passé chez ta copine Sylvie ?

– Très bien, merci. Elle était contente que j'aie pu venir à son anniversaire.

– Dis-moi, tu as vraiment dormi chez elle, au moins ?

– Bien sûr. Qu'est-ce que tu vas imaginer ? s'offusqua Sidonie.

Un sourire figé aux lèvres, Betty s'approcha de Sidonie. Celle-ci se raidit.

– Je n'imagine rien, ma petite Sido, la rassura

Betty dont le sourire avait miraculeusement pris une teinte plus naturelle. Je te fais confiance… Tu sais, je dois m'excuser. J'ai conscience d'être invivable, ces derniers temps. Cette affaire de La Ferronnerie me mine. Bien sûr, tu es toujours ma petite esclave… Quand cette affaire sera réglée, nous nous paierons deux semaines de vacances. Ça te dit ?

Sidonie se déclara ravie mais au fond d'elle-même, elle ressentait un malaise. Betty lui paraissait étrange. Elle n'avait pas un comportement naturel. Elle semblait en proie à une tension interne refoulée. Mais après tout, elle est d'un caractère fantasque, se rassura Sidonie, elle passe de phases euphoriques à des phases d'abattement.

– Allez, viens, proposa Betty, on va se détendre. Après on dînera tranquillement. Je t'ai préparé un bon repas – crudités, truite aux amandes, sorbet. Ça te plaît ?

– Oui, oui, c'est très bien.

La soirée se déroula dans une ambiance apparemment détendue. Betty parlait de tout et de rien, rebondissant d'un sujet à l'autre. Sidonie s'étonna de cette volubilité inhabituelle. Certes, Betty avait bu quelques verres mais cela n'expliquait pas ce soudain besoin de parler. Il y avait quelque chose de factice dans son attitude. Elle semblait se soûler de ses propres paroles. Elle se noyait dans un discours futile.

À vingt-deux heures quinze, Betty était affalée

dans le sofa et fixait le téléviseur à écran plan. Elle s'adressa à Sidonie assise à sa droite :

– Bon ! J'en ai marre de ces conneries. Je vais me coucher. Je vais prendre un truc pour dormir. Je ne sais pas ce que j'ai, mais je dors mal… Viens vite me rejoindre, j'ai envie d'un petit câlin. Si tu tardes, je roupillerai.

À une heure du matin, la maison était silencieuse. À travers la fenêtre du bureau, Sidonie apercevait un pan de ciel étoilé. Elle ne prit pas le temps de s'attarder à sa contemplation et s'assit au bureau de Betty, face à l'écran de l'ordinateur.

Au premier étage, Betty dormait d'un profond sommeil. Sidonie s'en était assurée en la secouant légèrement. Assurément, elle avait bien pris son médoc et celui-ci l'avait assommée.

La jeune femme alluma l'ordinateur, pianota le mot de passe et s'introduisit dans le dédale des fichiers. Logiquement, ce qu'elle cherchait devait se nicher dans un répertoire de photos. Elle tâtonna, chercha un nom évocateur… Elle ouvrit en vain quelques fichiers au hasard. Elle jeta un œil sur l'heure inscrite à la droite de la barre des menus. Une heure dix. Il était exclu qu'elle reparte sans avoir mis la main sur les photos.

Elle se concentra et réfléchit en passant en revue les icônes.

Un léger craquement la sortit de sa réflexion. Elle

détourna les yeux de l'écran et porta son regard vers l'entrée du bureau au moment même où la lumière jaillissait. L'effroi la tétanisa. Sur le seuil se tenait Betty raide comme la statue du commandeur.

Betty traversa la pièce et désigna l'écran d'un coup de menton.

– Tu as trouvé ce que tu voulais ? dit-elle hargneuse comme une chienne prête à mordre.

– Je… je ne cherchais rien… Je ne pouvais pas dormir… Je suis venue consulter Internet.

– Ferme-la ! hurla Betty. Tu me prends pour une conne.

Sidonie esquissa un mouvement pour se lever. Betty la repoussa en arrière d'une violente bourrade sur le sternum.

– Ne bouge pas ! Tu croyais me baiser, hein ! Tu t'es dit : elle roupille comme une souche, c'est le moment. L'esclave se rebelle. Tu te prends pour Spartacus ! C'est ton pourri de baveux qui t'a demandé de fouiller dans mes dossiers ? Tu as trouvé un nouveau maître… Mais ça, ce n'est pas le plus important.

Betty posa une fesse sur le bord du bureau. Elle saisit négligemment un coupe-papier et le manipula tout en parlant :

– Je t'ai dit que les flics sont venus cet après-midi. Ils ne m'ont pas posé que des questions anodines et en plus j'ai appris qu'ils étaient au courant de notre petit secret : Ahmed. Et il n'y a que toi qui pouvais les affranchir.

– Je te jure ! Je ne leur ai rien dit, s'exclama Sidonie.

Betty fixa la jeune femme en silence pendant de longues secondes. Puis elle examina le coupe-papier en fronçant les sourcils.

– Betty, crois-moi ! supplia Sidonie, je n'ai rien dit aux policiers ! Ils ne m'ont pas interrogée. Je ne leur ai pas parlé d'Ahmed.

– Si ce n'est pas toi, qui est-ce ? tonna Betty en projetant vivement le buste vers Sidonie.

La jeune femme s'effondra en larmes. Au moment où Betty avait prononcé le nom d'Ahmed, elle avait compris que Fabien l'avait trahie. Un horrible sentiment de dégoût la submergea. Elle avait trompé Betty pour un homme dont elle était amoureuse. Pour Fabien, elle était prête à tout et il profitait de ses confidences pour servir ses intérêts et ceux de ce fumier de Deniut.

Betty reposa le coupe-papier sur le bureau et mit une main sur l'épaule de Sidonie.

– Écoute, dit-elle calmement, raconte-moi tout.

Sidonie relata sa nuit chez Fabien et avoua lui avoir parlé du meurtre d'Ahmed.

– Je m'en doutais, déclara Betty à la fin du récit de sa compagne. Ce petit fumier d'avocat arriviste a été tout déballer aux flics dans ton dos. Il va payer… Tu vas m'aider, hein ?

Sidonie donna son accord d'un hochement de tête déterminé.

CHAPITRE XXII

Fabien Steiner fut réveillé brutalement par la sonnette de la porte d'entrée. Il consulta son réveille-matin et constata avec stupeur qu'il indiquait six heures trente. Le visiteur insistait rageusement sur le bouton. L'avocat se retourna et s'étonna de l'absence de Sidonie. Où était-elle passée ? Et cette sonnette qui n'en finissait pas de tinter et de lui vriller les tympans. Il s'assit sur le bord du lit. Le passage de la position couchée à la position assise lui demanda un effort douloureux. Il se sentait affaibli. Il avait le crâne comme une pastèque. Pourtant il avait peu bu. La veille, il avait dîné avec Sidonie, puis ils s'étaient couchés et avaient fait l'amour. Mal, d'ailleurs. Ses souvenirs étaient confus. Il avait dû sombrer dans le sommeil sans même sans rendre compte. Il se frictionna le cuir chevelu. Puis, il se leva lentement et enfila sa robe de chambre.

Il passa dans le salon et s'immobilisa. « Nom de Dieu ! » jura-t-il en découvrant les verres cassés sur le sol, une chaise renversée et une tache sombre sur le tapis.

À cet instant, il eut l'intuition que les coups de sonnette étaient le signal annonciateur d'une catastrophe.

Il ouvrit la porte. Son intuition se révélait juste. Deux policiers en civil escortés de deux gardiens de la paix se tenaient sur son seuil.

– Maître Fabien Steiner ? demanda pour la forme le premier flic.

– Oui… Que se passe-t-il ?

– Veuillez vous habiller et nous suivre.

– Comment ça ? Qu'est-ce que ça signifie ? Je peux connaître les raisons…

– Habillez-vous et suivez-nous sans faire d'histoire, Maître. Ne nous contraignez pas à vous emmener dans cette tenue. Dès maintenant, vous êtes placé en garde à vue.

– Pour quel motif, s'il vous plaît ?

– Viol, répondit le flic.

CHAPITRE XXIII

Fabien Steiner reconnut les deux policiers à qui il avait rapporté les confidences de Sidonie. Leur présence lui redonna une once d'espoir.

– Pourquoi suis-je ici ? les interpella-t-il en désignant la salle dans laquelle se déroulaient les interrogatoires. Il s'agit d'un coup monté…

Gribovitch saisit une chaise et se posa face à l'avocat assit de l'autre côté de la table qui les séparait. Leclerc resta debout à la droite de son collègue.

– Qu'est-ce qu'on me reproche ? Je n'ai violé personne, se défendit l'avocat.

– C'est possible, Maître, concéda Gribovitch. Cependant, la plainte qui a été déposée et les éléments matériels recueillis sont suffisamment étayés pour justifier votre garde à vue.

– Je peux en avoir connaissance ?

– Bien sûr. Mademoiselle Sidonie Carlin vous accuse de l'avoir frappée et violée chez vous.

– Ce n'est pas possible ! Je fais un cauchemar. Je ne l'ai jamais violée. Elle était consentante…

Gribovitch l'interrompit d'un geste de la main et lui demanda de raconter dans le détail le déroulement de la soirée de la veille.

– C'est simple, expliqua l'avocat, Sidonie est arrivée chez moi vers vingt heures. On a discuté, bu deux apéritifs et préparé le repas. Après, on a de nouveau discuté et l'on s'est couché. On a fait l'amour. Voilà, rien de plus.

– Comment était Mademoiselle Carlin ? demanda Leclerc. Était-elle nerveuse ? Vous a-t-elle paru dans son état normal ?

– Oui… Normale… Je l'ai trouvée un peu distante… Maintenant, je comprends mieux son attitude, elle préparait son coup…

– Qu'est-ce qui vous permet de dire que c'est un coup ?

Fabien Steiner dodelina la tête avec un air excédé.

– Vous le savez bien ! asséna-t-il, elle a voulu se venger parce que je vous ai rapporté ses aveux à propos des agissements de sa patronne.

– Et d'après vous, elle a agi seule ?

– Je ne sais pas. J'ai été drogué. Je ne me souviens de rien. J'ai dû m'endormir très vite et j'ai été réveillé par vos collègues. C'est un coup monté, répéta l'avocat. C'est évident. Vous le savez.

Gribovitch tourna la tête vers sa collègue qui prit le relais :

– Ce n'est pas si simple, Maître. La version des faits rapportés par Sidonie Carlin diffère totalement de la vôtre.

– Je m'en doute ! railla Fabien Steiner.

– D'après elle, poursuivit la policière, elle est effectivement arrivée chez vous vers vingt heures. Selon ses dires, vous étiez très agité. Elle pense que vous aviez pris de la coke et bu une certaine quantité d'alcool. Vous avez dîné et c'est après que les choses se sont envenimées. Vous lui avez reproché de travailler avec Betty Malone. Vous avez exigé qu'elle l'espionne pour vous. Elle a refusé. Vous vous êtes engueulés et puis, vous l'avez frappée et violée. Elle s'est enfuie vers vingt-trois heures pendant que vous dormiez.

– C'est délirant ! s'emporta l'avocat. Vous ne la croyez pas, j'espère.

Gribovitch intervint :

– Le problème, voyez-vous, c'est qu'il n'y a pas que ses déclarations dans le dossier. Aussitôt après s'être enfuie de chez vous, Sidonie Carlin s'est rendue au service des urgences de l'hôpital le plus proche pour faire établir un certificat médical. Et c'est du sérieux : côte fêlée, hématome au visage…

Fabien Steiner fléchit le buste et, les coudes en appui sur la table, se prit la tête entre les deux mains. Gribovitch continua :

– De plus, les policiers qui vous ont interpellé ont constaté des traces de lutte chez vous et une tache de sang qui appartient probablement à la victime. Et puis, ils ont trouvé une dose de cocaïne dans le tiroir de votre table de nuit.

– Ce n'est pas possible… Ce n'est pas vrai, gémit l'avocat.

Les deux policiers se consultèrent d'un regard. Ils n'avaient pas besoin de mots pour se comprendre. Tous deux partageaient la même conviction mais…

Leclerc annonça la mauvaise nouvelle à l'avocat :

– Au vu de ces éléments à charge, vous comprendrez que nous n'avons pas le choix, Maître ; nous sommes contraints de vous garder. Le proc a validé notre demande. Votre bâtonnier a été informé de votre mise en garde à vue.

CHAPITRE XXIV

Le soleil de mai inondait la terrasse. Le ciel était d'un bleu lumineux et des moineaux le traversaient comme des flèches.

Betty se dirigea vers Sidonie qui somnolait sur une chaise longue à l'abri d'un parasol et lui présenta un catalogue de voyages.

– Regarde, dit-elle, et dis-moi si tu as une préférence. Je crois que tu voulais aller en Martinique… Choisis !

Sidonie retira ses lunettes de soleil. Betty examina son œil entouré d'un large cerne jaunâtre.

– Eh ben, ma pauvre Sido, je ne t'ai pas loupée… Tu as un sacré coquard. Et ta côte, ça va ?

Sidonie grimaça et répondit :

– Ça va.

Betty passa une main affectueuse sur la chevelure de sa compagne et la couva d'un regard tendre en la réconfortant :

– Tu as été formidable. Nous l'avons bien eu, ce salaud. Je ne pense pas qu'il s'en sorte. De plus, j'ai une bonne nouvelle : le secrétariat de Deniut m'a contactée… Je crois qu'il veut me parler de La Ferronnerie… Cette fois, je pense qu'il a compris. Nous allons gagner !

Sidonie participa d'un sourire à la joie de Betty. Celle-ci perçut une pointe d'inquiétude dans les yeux de sa complice.

– Qu'est-ce qui te chagrine ? demanda-t-elle.

– Les flics m'ont convoquée, annonça Sidonie.

– Ne t'inquiète pas. Tu leur répéteras exactement ce que tu leur as dit lors de ton dépôt de plainte. Pour le reste, nie tout. Et s'ils te posent des questions qui te gênent, ne réponds rien. C'est la meilleure manière d'éviter de s'embrouiller. Bon ! Et puis de toute façon, ils ne peuvent rien prouver contre nous. Hormis les affirmations de Catherine, ils n'ont aucune preuve d'un chantage à l'égard de Deniut. Quant à la petite pute qui a couché avec Oliveira, même si elle raconte que je l'ai payée, ça n'ira pas loin.

CHAPITRE XXV

Gribovitch et Leclerc avaient convoqué Sidonie Carlin à seize heures. À dix-huit heures, la jeune femme patientait toujours dans une petite pièce sans fenêtre dans l'attente d'être entendue. Le procédé n'était pas très élégant, mais jusqu'à ce jour, *le poireautage* n'est pas considéré comme une forme de torture par Amnesty International.

Sidonie poireautait sans manifester une excessive nervosité. Assise à une table, elle rêvassait, se fit les ongles, lut de bout en bout une page de *L'Equipe* oubliée dans une corbeille à papiers par la femme de ménage et, à considérer le temps qu'elle passa devant, parut apprendre par cœur une déclaration des Droits de l'homme et du Citoyen affichée sur un mur de la pièce.

Dans leur bureau, Gribovitch et Leclerc consultaient les comptes rendus et documents concernant l'affaire Géraldine Marcier.

– Cette Betty est une véritable prédatrice, conclut Gribovitch en refermant le dossier de l'intéressée.

J'ai consulté tout ce que j'ai pu réunir sur son compte, c'est assez édifiant. Tu savais qu'elle était issue d'un milieu petit-bourgeois ?

– Non, avoua Leclerc. Qu'est-ce que ça change ?

– Rien pour notre enquête. Je remarque seulement qu'elle a été élevée par son père et sa mère dans un milieu protégé. Elle a une sœur cadette plus jeune de deux ans. Ses parents étaient tous les deux fonctionnaires. Ils n'avaient pas de problèmes financiers ou psychologiques graves et vivaient dans un quartier résidentiel. Betty a vécu une enfance et une adolescence tranquille, sans se faire remarquer. Bonne élève, sportive... et puis, pouf ! À dix-neuf ans, elle plaque tout et disparaît dans la nature sans donner signe de vie à sa famille. On la retrouve à vingt-deux ans acoquinée à un petit voyou et racolant dans les beaux quartiers.

– Qu'est-ce qui t'étonne ? Qu'elle n'ait pas le profil classique des putes ? Qu'elle n'ait pas vécu dans un quartier défavorisé, entre un père alcoolique et chômeur, une mère déprimée entourée de cinq lardons et un oncle qui abusait d'elle ?

– Tu reconnaîtras que c'est atypique comme parcours, pointa Gribovitch. En revanche, sa sœur est infirmière, mariée et mère de deux enfants.

– Je reconnais que ce n'est pas banal, concéda Leclerc. Mais sait-on toujours ce qui se cache derrière la façade lisse des familles ? Certaines dissimulent parfaitement leur pathologie et les enfants le paient parfois.

– Sans doute, admit Gribovitch qui passa à l'épisode suivant de la vie de Betty. Pendant quelques années, elle fait la pute de luxe. Puis elle se marie avec un veuf argenté qui laisse la place libre pour un second mari, friqué lui aussi, et qui rejoint rapidement le premier époux au cimetière. J'ai lu tout ce que j'ai trouvé sur ces décès.

– Et alors ? questionna Leclerc.

– Ben, ça me laisse dubitatif.

– Holà, Alex ! Tu ne vas pas nous jouer un épisode inédit de la série Affaires Classées…

– Non, mais je pense que la mort des deux maris mériterait un retour sur image. Le premier est mort d'une crise cardiaque. Mais aucune autopsie n'a été faite. Etrangement le fils du mort a laissé tomber son action en justice contre Betty. Quant au second mari, il est tombé d'un échafaudage un dimanche à dix-neuf heures. Les circonstances ont intrigué les enquêteurs de l'époque. Mais un témoin a affirmé que le chef d'entreprise passait régulièrement le week-end pour s'assurer qu'il n'y avait pas de vols sur ses chantiers. De plus, Betty avait un bon alibi…

– Et qu'est-ce que tu trouves à redire à ça ?

– Je pense que nos collègues n'ont pas suffisamment fouillé le passé et les relations de la veuve. Quand même, deux maris fortunés qui clamsent presque en sortant de la mairie, ça pose question.

Leclerc conclut en se levant.

– Eh bien, je pense que nos collègues ont dû se la poser mais qu'ils n'ont pas eu de réponse. Bon,

Alex ! Griffon ne nous a pas demandé de rouvrir de vieux dossiers. On a une poulette à cuisiner qui mijote depuis deux heures.

CHAPITRE XXVI

Sidonie entra dans la salle des interrogatoires sans montrer le moindre trouble ou tension. Gribovitch l'invita à s'asseoir, elle remercia sur le ton d'une invitée qui prend place dans un salon bourgeois.

– Désolée pour ce contretemps, s'excusa hypocritement Leclerc, nous avions une urgence à régler.

– Ce n'est rien, je ne travaille pas. J'ai trois semaines d'ITT[1], expliqua Sidonie en posant ses lunettes noires sur la table.

– Ce n'est pas trop douloureux ? s'enquit Leclerc en désignant l'œil tuméfié.

– Non. Au début, j'ai dégusté ; maintenant, ça va.

– Tant mieux. Nous vous avons convoquée pour vous entendre à nouveau sur les circonstances de votre agression. Vous avez déjà fait une déposition, toutefois, pour la régularité de l'enquête, nous avons besoin de revenir sur l'affaire. Ce n'est pas agréable pour vous, mais c'est nécessaire.

Sidonie reprit presque au mot à mot sa première

1.Interruption Temporaire de Travail.

déclaration. Elle était arrivée à vingt heures, Fabien était agité et sans doute sous l'emprise de la drogue et de l'alcool. Elle expliqua qu'ils avaient dîné et que l'avocat n'avait pas cessé de la harceler pour qu'il parle de sa patronne. Ensuite, comme elle refusait d'en parler, il s'était énervé, l'avait bousculée et insultée. Il s'est mis à la frapper quand elle a décidé de partir. Puis, il l'a entraînée dans la chambre et l'a contrainte à lui faire une fellation, avant de la violer. Elle précisa qu'il l'avait sodomisée.

– Vous aviez déjà eu des relations avec lui ? s'informa Leclerc.

– Oui. Deux fois. Il n'y avait pas eu de problème.

– Que voulait-il savoir sur votre patronne ?

Sidonie prit un temps de réflexion avant de répondre :

– Il voulait tout savoir. J'ai compris qu'il m'avait draguée dans l'intention de m'utiliser. C'était tout ce qui l'intéressait… Je me suis fait manipuler.

Gribovitch se tenait en retrait. Il avança vers la table et s'adressa à Sidonie :

– Fabien Steiner prétend que vous lui avez fait des confidences de votre propre initiative.

Sidonie leva les yeux sur le policier et soutint son regard en récusant les propos de l'avocat :

– C'est totalement faux. Je ne lui ai rien dit de ma vie ni de celle de Betty. Je sais, il voulait que j'accuse Betty de vouloir faire chanter le maire…

– Pourtant, il nous a parlé d'un certain Ahmed dont il ne pouvait connaître l'existence si vous ne lui en aviez pas parlé…

Sidonie ne se troubla pas. Elle ne détourna pas le regard et donna son explication :

– Il est avocat. Il a dû se renseigner sur ma vie passée et trouver le nom dans un dossier. Moi, je n'ai jamais prononcé ce nom devant lui.

Gribovitch et Leclerc restèrent un instant silencieux à observer cette fille qui – ils en étaient convaincus – leur mentait avec un aplomb digne des plus coriaces truands. Gribovitch décida de l'attaquer sous un autre angle.

– Dites-moi, vous avez connu Géraldine ?

Sidonie confirma d'un battement de paupières avant de préciser :

– Tout dépend de ce que vous mettez sous le terme « connu ». En fait, je l'ai croisée une ou deux fois. Je ne peux rien en dire. Je sais qu'elle a eu une liaison avec Deniut.

– Elle vous a parlé de cette liaison ?

– Non. J'en ai eu des échos par Betty. Denuit était mordu.

– Fabien Steiner affirme que Géraldine a filmé ses ébats avec Deniut…

– Des conneries ! Il dit n'importe quoi… Il les a vues, ces photos ? Non ! C'est du fantasme de refoulé… Le maire et la pute…

Gribovitch hocha la tête. Il interrogea sa collègue :

– Tu as d'autres questions à poser ?

Leclerc soupira et souffla un « non » résigné.

CHAPITRE XXVII

Gribovitch et Leclerc n'eurent pas le loisir de tailler une bavette avec Karine. Celle-ci les expédia directement dans le bureau du patron qui, précisa-t-elle, voulait impérativement les voir dès leur arrivée.

Griffon s'acharnait sur un capuchon avec la hargne d'un pitt-bull sur le jambon d'un quidam.

– Ah ! Vous voilà ! s'exclama-t-il quand les deux policiers passèrent le seuil de son bureau. Ce n'est pas la peine de vous asseoir, dit-il lorsque Gribovitch s'avança vers un fauteuil. Vous filez rue de Rennes. Il y a un cadavre qui vous attend. Il va vous intéresser car c'est Martine Olbac, la copine de Géraldine Marcier.

– Quoi ? s'exclama Gribovitch

– Vous m'avez très bien compris, alors ne perdez pas de temps.

* * *

Roger Dallant, l'expert scientifique émérite des

Affaires Spéciales, était à l'œuvre lorsque Gribovitch et Leclerc pénétrèrent dans l'appartement de la rue de Rennes.

La pièce était spacieuse et claire. Elle comportait un grand lit, deux tables de nuit, un secrétaire et une penderie aux portes coulissantes couvertes d'un miroir.

Dalland examinait le corps. Il tourna la tête vers les arrivants et les salua :

– Ah ! Voilà les fins limiers. On a un remake de Géraldine Marcier. Même mise en scène, même mode opératoire. Elle a été étranglée et poignardée.

Gribovitch et Leclerc jetèrent un œil sur le cadavre. La jeune femme était nue, allongée sur le dos, les jambes et les bras écartés formant un angle de quarante-cinq degrés. Une plaie de quelques centimètres entaillait le dessous du sein gauche.

– Effectivement, on dirait que l'on a affaire au même artiste, nota Gribovitch.

– Oui, mais cette fois, il n'y a pas de symboles sataniques dessinés sur les murs, remarqua Leclerc. C'est bizarre, si c'est le même tueur. Quand a-t-elle été tuée ?

– Hier dans la soirée, vers vingt-deux heures, évalua l'expert. Comme la morte précédente, elle porte de marques de coups au visage. Je vous en dirai plus après l'autopsie.

– Bon ! En attendant, on va commencer le boulot : porte à porte, téléphone, compte bancaire, relations, famille.

– Cette fois, on a peut-être affaire à un tueur en série, pronostiqua Leclerc. Avec Géraldine, on s'est peut-être fourvoyé en négligeant cette hypothèse ?

– Peut-être, Sophie. Ce qui m'étonne, c'est qu'il s'en soit pris à l'amie de Géraldine. Ce n'est pas dans la logique comportementale d'un tueur pathologique. En plus, les deux filles n'ont pas le même type physique.

– Conclusion il s'agit peut-être de deux tueurs.

– Ou alors, le tueur de Géraldine a voulu se débarrasser d'un témoin gênant.

– Toutes ces élucubrations sont un peu aléatoires.

– Tu as raison, Sophie, revenons aux fondamentaux d'une enquête : pas d'a priori, on cherche tous azimuts.

CHAPITRE XXVIII

En arrivant à la mairie, Deniut ne s'attendait pas à tomber nez à nez avec Betty Malone. Celle-ci était somptueuse. Elle portait un tailleur gris sur un chemisier blanc. La jupe étroite fendue sur l'arrière et ses escarpins à talons hauts mettaient ses jambes en valeur. Elle avait la classe d'une Audrey Hepburn.

Deniut aurait succombé s'il n'avait pas connu la perversité de cette femme.

– Bonsoir, Jacques, j'ai à te parler, annonça-t-elle d'emblée.

Deniut n'avait guère envie de cet entretien. Il craignait de s'affronter à la férocité de squale de cette femme qui lui avait mis une pute entre les mains et réussi à faire plonger Oliveira et Steiner.

– Je n'ai pas le temps. De plus, je crois que nous n'avons rien à nous dire.

– Ce n'est pas mon avis, asséna sèchement Betty en se plantant face au maire, le regard déterminé et acéré.

Deniut ne pensa plus à Audrey Hepburn mais à la

démoniaque Simone Signoret des Diaboliques. Il hésita à faire éconduire la patronne d'Immo Nova par un huissier mais il se ravisa par crainte de l'esclandre.

– D'accord, je t'accorde un quart d'heure, se résigna-t-il en ouvrant la porte de son bureau.

Betty se dirigea vers un fauteuil et s'y assit avant même que Deniut se soit installé derrière son bureau. Elle l'observait, suivait tous ses gestes comme un prédateur qui étudie le comportement de sa proie. Deniut fuyait son regard et elle s'en amusait. Il cherchait une contenance en déplaçant des stylos, un presse-papiers et en fouillant dans un tiroir. Puis, il s'éclaircit la voix et réussit à poser les yeux sur Betty.

– Je t'écoute, lança le maire d'un ton qui s'efforçait d'être détendu.

Betty croisa les jambes et attaqua :

– Tu te doutes bien que je viens pour régler la question de La Ferronnerie. J'attends de toi une décision ferme et rapide. Tu connais mon projet. Il est parfait.

– Oui… Mais tu sais que je ne suis pas seul à prendre la décision. De plus, il y a d'autres propositions aussi intéressantes.

Betty sourit et resta quelques secondes silencieuse. Elle secoua la tête avec un air faussement déçu puis balaya les arguments de son interlocuteur :

– Mon pauvre Jacques, il ne faut pas me la faire. Je sais parfaitement comment se passent les marchés publics dans ta commune. Par-devant, pour les gogos de citoyens, on joue la comédie de la transparence, mais par-derrière, ce sont les magouilles, les commissions… Tu oublies que je suis dans le bâtiment depuis des années et que je connais le système. Alors, décide-toi ! Et vite !

– Sinon ? compléta Deniut…

Le sourire carnassier de Betty le mit mal à l'aise. Elle n'hésita pas à répondre :

– Sinon je te casserai les reins, Jacques. Tu sais de quoi je suis capable. Je veux le marché de La Ferronnerie et je l'aurai. Je sais que tu as négocié avec Oliveira. Qu'est-ce qu'il t'a promis comme dessous de table ?

– Tu dépasses les bornes, Betty. Tes insinuations sont calomnieuses.

– Ça va ! Ne joue pas la vierge innocente et outragée. Je peux prouver ce que j'avance. Alors ? Combien te promet Oliveira ou les autres postulants, puisque le pauvre Portugais est au trou pour un bon moment ? Je mets quinze pour cent de plus sur la table.

Deniut ne répondit pas. Il était à la fois fasciné et effrayé par cette femme qui se battait comme une lionne. Il l'admirait et éprouvait de la répulsion. Il l'aimait et la haïssait. Mais pour l'heure la haine avait pris le dessus.

– Je vais être franc, Betty, dit-il avec une fermeté qui l'étonna lui-même, moi à la mairie, tu n'auras pas La Ferronnerie. Tu peux mettre le fric que tu veux sur ce bureau, ça ne changera rien à ma décision.

Betty se dressa. Son visage portait soudain le masque de la rage. Elle serra son sac à main contre sa hanche. Deniut blêmit. Il souffla de soulagement quand il vit Betty tourner les talons et se diriger vers la sortie en jurant qu'il allait regretter sa décision.

CHAPITRE XXIX

Sidonie comprit que la soirée serait houleuse lorsqu'elle entendit le crissement des pneus de la Mustang sur le gravier de l'allée.

Betty entra dans le salon comme un taureau dans l'arène. Elle jeta son sac à main sur un fauteuil et se laissa tomber sur le sofa auprès de Sidonie qui abandonna la lecture de son roman policier.

– Ce fumier de Deniut veut la guerre, il l'aura.

Sidonie devina que Betty avait perdu la Ferronnerie. À ce moment, elle aurait voulu être loin, très loin, à des kilomètres de la villa.

La patronne d'Immo Nova se leva brusquement, se dirigea vers le bar et se servit un demi-verre de whisky. Elle revint vers Sidonie avec son verre et la bouteille qu'elle déposa sur la table basse, s'assit et envisagea les rétorsions :

– Je m'en doutais, il va passer le marché avec je ne sais quelle boîte concurrente, rien que pour me couler. Ça ne va pas se passer comme ça !

– C'est définitif ?

– Mais oui ! Il a été clair. Il a même refusé une commission supérieure à mes concurrents. Il va le regretter. Je vais balancer les photos de Géraldine sur Internet.

– Tu devrais attendre… Après tout, tant qu'il n'a pas signé avec une autre entreprise, il y a toujours un espoir.

– Je sais ce que je dis ! explosa Betty. C'est fini ! Il veut ma perte…

Sidonie baissait la tête et contemplait ses mains. Elle inspira. Betty l'interpella :

– Qu'est-ce que tu as ?

– Rien… Je pensais que…

– Que quoi ? Parle ! Tu as une idée pour enfoncer ce fumier ?

– Non, ce n'est pas ça. Je me disais qu'on devrait peut-être arrêter, suggéra Sidonie.

Betty se tourna vivement vers sa compagne, la fixa avec un regard effaré et s'écria :

– Arrêter ? Arrêter maintenant ? Mais tu es devenue folle, ma petite Sido. Qu'est-ce qui te prend ?

Sidonie regrettait son intervention. Elle aurait dû garder ses pensées pour elle. Elle savait pourtant qu'il était impossible d'influencer Betty. Celle-ci était obnubilée par son objectif, elle en perdait la raison… Sidonie se rétracta :

– Tu as raison, on ne peut pas arrêter. De toute façon, je pensais seulement arrêter pour réfléchir à la meilleure manière d'agir. Il ne faut pas se précipiter.

Betty apprécia ce revirement mais n'était pas entièrement persuadée qu'il fût sincère. Elle avala le reste de son verre et se leva. Sans un mot, elle quitta la pièce. Sidonie espéra qu'elle allait se coucher et la laisserait tranquille.

Betty réapparut dix minutes plus tard. Elle était nue. Au niveau de son pubis pointait un phallus noir maintenu par des harnais enserrant sa taille et ses cuisses.

– Allez, viens, ma petite esclave ! ordonna Betty

Betty perçut que Sidonie rechignait. Elle la saisit par un bras et la contraignit à se lever en hurlant :

– Déshabille-toi !

– Je n'ai pas envie, osa opposer Sidonie.

Betty se déchaîna :

– Je ne te demande pas si tu as envie, esclave !

Décochée à toute volée, une gifle cingla. Sous la violence du coup, Sidonie se laissa tomber sur le sofa. Betty se tenait devant elle. Jambes écartées, bras croisés, tête droite, elle jetait un regard chargé de mépris et de haine sur sa victime. Sous la menace muette, Sidonie se déshabilla.

– C'est bien, ma petite Sido. Tu dois comprendre qu'il faut m'obéir. Je suis ta maîtresse, ne l'oublie jamais. Retourne-toi.

La jeune femme n'avait pas d'échappatoire. Il était inutile de tenter de résister, les coups tomberaient. Il était impossible de discuter, Betty n'entendait rien. Sidonie ressentait du dégoût. Betty avec son braquemart factice était ridicule, ce jeu sadomaso n'avait plus de sens. Tout cela était absurde.

Sidonie pivota et offrit sa croupe à la possession de Betty.

Elle resta totalement passive pendant que le machin s'enfonçait lentement dans son fondement. Betty haletait comme si la fausse bite était réellement une partie de son corps.

– T'aimes ça, hein ? criait-elle en frappant les fesses du plat de la main.

Sidonie ne répondait pas. Elle se mordait la lèvre et se retenait de fondre en larmes. Elle se méprisait d'accepter cette soumission. Et puis, soudain ce fut intolérable. Sans avoir conscience d'en prendre la décision, elle se dégagea brusquement de sa partenaire.

Surprise, Betty resta sans réaction. Sidonie se dressait devant elle.

– J'en ai marre ! cracha Sidonie. Je ne supporte plus, cette situation. Je ne suis pas ton esclave. On arrête le jeu !

Contrairement à ce qu'elle prévoyait, Betty ne s'emporta pas.

– Qu'est-ce qui te prend ? Ça ne te plaît pas ? Tu n'aimes pas que je te baise avec ce truc ?

– Il ne s'agit pas de ça. Tu m'as très bien comprise. Je ne veux plus jouer à l'esclave.

Le visage de Betty se ferma. Sidonie prit conscience que c'était plus qu'un jeu pour sa partenaire. Elle l'avait déjà deviné mais elle n'en avait pas estimé les conséquences.

– Tu ne veux plus être mon esclave ? affecta de s'étonner Betty.

La question portait en elle une lourde menace. Betty attendait une rétractation de sa partenaire. Elle ne pouvait imaginer que cette révolte ne soit autre chose qu'une rébellion passagère.

Sidonie savait que si elle reculait, elle ne retrouverait jamais la force de se libérer. Elle franchit le Rubicon :

– Je ne suis pas ton esclave ! asséna-t-elle.

Betty fit deux pas. À un mètre de Sidonie, elle leva le bras. Le geste ne révélait pas d'intention précise : il pouvait se conclure pas un coup ou une caresse. Sidonie retint la première hypothèse. Elle saisit la bouteille de vodka par le goulot et frappa Betty à la tête.

Sidonie resta un long moment à contempler Betty allongée inanimée sur le carrelage. « Fin de l'histoire » conclut-elle.

CHAPITRE XXX

Gribovitch reposa le rapport de Dallant sur le bureau. Il s'adossa à son fauteuil et se frotta les mains en s'adressant à sa collègue :

– Bon travail ! Roger a fait du bon boulot. Sous un ongle de la victime de la rue de Rennes, il a prélevé une infime particule de peau. Les résultats d'analyse de l'ADN sont formels : le petit bout de peau provient de l'épiderme d'un certain Max Henri. Et devine d'où sort ce lascar ?

– De Fleury, répondit Leclerc.

– Comment tu sais ça ?

– C'est mon petit doigt qui me l'a dit.

Gribovitch haussa une épaule et poursuivit :

– Alors, tu sais aussi qu'il a purgé trois ans pour violences à personne. Il a amoché une fille. Je sens qu'on tient le bon bonhomme… Ah, la police scientifique, c'est l'avenir ! Bientôt, on résoudra les affaires sans bouger du bureau. Les policiers seront en blouse blanche devant des écrans d'ordinateurs et des éprouvettes. Ils mettront une pincée d'ADN, des bouts de carte bancaire, des extraits de comptes bancaires et des numéros de téléphone dans une machine, et il en sortira le nom de l'assassin.

– Tu vas vite en besogne, tempéra Leclerc. Imagine que ton suspect ait couché avec la victime et que celle-ci l'ait griffé pendant son orgasme… hein ?

– Ah, ça ! J'ai horreur des femmes qui griffent quand elles jouissent.

– Je ne te parle pas de tes goûts ou de tes aversions érotiques.

– Je sais, Sophie. Mais je suis sûr que c'est le bon lascar…

– Là, ce n'est plus de la police scientifique, c'est de la police divinatoire… Je vais t'acheter une boule de cristal, comme ça, tu pourras résoudre les affaires sans quitter ton bureau, et ça coûtera moins cher qu'un labo high tec.

Karine entra dans la pièce et s'interposa à contresens dans la discussion :

– Vous lisez dans les boules de cristal ?

– Ben oui, Karine, confirma Gribovitch avec sérieux. Je tire aussi les cartes. Les cartes et plein d'autres choses… Voulez-vous que je vous les tire ? Je peux vous faire le grand jeu ? Ça vous dit de savoir si vous allez rencontrer un bel et sombre inconnu ?

– Pourquoi sombre ? J'aime les hommes lumineux, moi.

– Comme Léon.

– Pourquoi Léon ?

– Parce que Léon le néon.

– Ça va, Alex ! l'interrompit Leclerc.

Gribovitch s'adressa à Karine :

– Faut venir nous voir plus souvent… Au fait, pourquoi cette visite impromptue ?

– Quelqu'un vient d'apporter ça à la réception, expliqua Karine en tendant une enveloppe. C'est pour vous deux…

– Une missive portée par messager, dit Gribovitch en saisissant la lettre. Bonne ou mauvaise nouvelle ? Peut-être une lettre anonyme ? C'est vrai, ça, on n'en reçoit pas. Serait-ce que les Français ont perdu le goût de la délation ?

– Ouvre, plutôt que de dire des inepties ! l'enjoignit sa collègue.

Ce que fit Gribovitch. L'enveloppe contenait une feuille couverte au recto et verso d'une écriture manuscrite. Le policier parcourut la lettre.

– Eh ! Elle est adressée à nos deux noms, rappela Leclerc. Tu peux la lire à haute voix, s'il te plaît ?

– C'est une lettre de Sidonie Carlin, annonça Gribovitch. Purée !

Il lut :

« Par cette lettre, je vous informe que je déclare Fabien Steiner innocent des faits dont je l'ai accusé… »

La suite du texte expliquait que la jeune femme avait organisé seule (le mot était souligné de deux traits) cette vengeance pour punir l'avocat d'avoir voulu la plaquer. Elle relatait la soirée telle qu'elle s'était réellement déroulée. En conclusion, elle exprimait ses regrets et annonçait qu'elle avait l'intention de partir loin de France.

– Eh bien, ça confirme ce dont on se doutait, commenta Leclerc.

– Oui, il a eu chaud aux plumes, l'avocat. Le coup était bien monté. Il pouvait toujours clamer son innocence, un tribunal l'aurait envoyé au trou sans état d'âme.

CHAPITRE XXXI

Avec Max Henri, les policiers étaient en terrain connu.

À vingt-neuf ans, l'homme était un petit voyou qui fricotait avec des truands de Seine-Saint-Denis.

Hormis sa condamnation pour coups et blessures, il avait fait quelques petits séjours en taule pour des babioles (possession d'arme de quatrième catégorie, usage de came, vol à l'arraché…). Il était réputé violent, en particulier avec les dames pour une raison seule connue de lui (même pas sûr). Ce qui est sûr, c'est que cette tendance était ancienne. Au collège, il avait eu quelques problèmes parce qu'il harcelait les filles. Il les coinçait dans les toilettes et exigeait qu'elles le branlent (ou plus si affinités). À dix-sept ans, il fut condamné pour une tentative d'agression sur la fille d'une voisine.

Lors de son arrestation et de la perquisition de son domicile, les policiers découvrirent quelques doses de cocaïne, des barrettes de shit, cent euros en petites coupures planqués sous son matelas et un couteau de chasse qui se révéla être l'arme ayant servi dans le dernier crime (malgré le nettoyage de l'arme, Dallant réussit à prélever des particules de sang appartenant à la victime). C.Q.F.D.

Gribovitch se planta devant le tueur avec la ferme intention d'en terminer avec ce pauvre type. Il le cuisinait sur le meurtre de Géraldine que le tueur refusait d'avouer contre l'évidence.

– Reprenons depuis le début, attaqua le policier. Tu as connu Géraldine et sa copine Martine dans une boîte de nuit. Tu as sympathisé avec elles. Tu as couché avec les deux. Tu as payé ?

– Je ne paie pas les filles.

– Okay, elles succombent à ton physique. Je continue et tu me dis si je me trompe : tu les as revues. Et tu t'es dit que ça ne suffisait pas de les baiser. Tu as voulu jouer au mac et les faire travailler pour toi.

– Vous déconnez total ! Ces filles, elles sont protégées…

– Pas vraiment, puisque tu les as tuées. Pourquoi ?

– J'ai pas tué la première, protesta mollement le tueur.

– Pourquoi tu as tué sa copine ?

– Je ne sais pas… Elle… Elle… Je ne sais pas.

– Et quand tu as tué Géraldine, tu savais pourquoi ?

Max Henri grimaça. Il y avait vingt-trois heures qu'il était en garde à vue. Il se sentait sale, fatigué, désorienté. Il secoua la tête et répondit par un demi-aveu :

– Je ne sais pas pourquoi j'ai tué… Ça m'a pris comme ça… J'ai eu envie de tuer.

Gribovitch profita de l'ouverture

– Ecoute, Max, tu vas prendre ton temps et m'expliquer tout ça. Comment tu as tué Géraldine puis Martine. Tu veux une cigarette ?

Le tueur accepta. Puis, il raconta ce qui s'était passé avec Géraldine.

Il avait bu et pris de la coke. Après, il ne se souvenait pas vraiment de ce qu'il avait fait. Il avait voulu étrangler Géraldine pendant qu'il la baisait, juste pour s'amuser parce qu'on lui avait dit que c'était super comme expérience. Et puis, elle s'était défendue. Lui, il trouvait ça bandant comme sensation. Il ne se rappelait pas exactement le moment où elle était morte. Ensuite, il a eu l'idée de maquiller le meurtre pour faire croire à un acte de taré. Il avait vu des documentaires sur les tueurs en série américains. Alors, il a pris un couteau, frappé Géraldine et dessiné des trucs sur le mur avec son sang.

Pour Martine, le scénario variait peu.

CHAPITRE XXXII

Gribovitch et Leclerc savouraient l'épilogue de l'affaire Géraldine. Griffon les avait félicités du bout des lèvres estimant que s'ils avaient mené à bien l'enquête, ils n'avaient pas été assez diligents pour éviter un second meurtre.

– Comment se fait-il que vous ne l'ayez pas repéré avant ? s'étonna-t-il.

Gribovitch expliqua que le tueur n'avait laissé aucune trace de son passage dans l'appartement de Géraldine et que de plus, son nom n'apparaissait pas dans la liste des contacts de la victime parce qu'il utilisait un téléphone inscrit sous le nom d'un type sans problème qui se trouvait en réanimation à l'hôpital Begin.

– Vous savez, Patron, compléta Leclerc, malheureusement, sans le deuxième crime, nous n'aurions peut-être pas trouvé le coupable.

– Certes, admit Griffon. Soyons positifs. Ce type a tout du tueur pathologique. D'après son parcours et son profil psychologique, je pense qu'il avait pris goût au sang et qu'il ne se serait pas arrêté de tuer.

Le chef des Affaires Spéciales fit une pause capuchon. Pendant quelques secondes, il en mordilla méthodiquement un exemplaire qui semblait offrir de la résistance à l'action de ses prémolaires. L'issue du combat fut sans surprise : le capuchon fut mis K.-O. Satisfait, Griffon revint à l'actualité de l'enquête :

– Et où en est-on avec cette histoire de femme d'affaires ? L'avocat a été blanchi… Sale coup… Il a eu de la chance que la fille ait retiré sa plainte et reconnu avoir menti.

– Ah, Patron ! On va vous raconter la suite…

CHAPITRE XXXIII

Betty avait repris conscience au milieu de la nuit. Deux heures s'étaient écoulées depuis que Sidonie l'avait assommée. Le coup de bouteille avait entaillé légèrement le cuir chevelu et du sang était coagulé sur le haut de son front. Elle chercha Sidonie dans toutes les pièces. Son esclave avait fui. Se croyait-elle assez forte pour vivre libre ? Esclave, elle était née, esclave elle mourrait.

Elle pouvait supporter beaucoup d'humiliations mais pas celle-là. Le maître dépossédé de son esclave n'est plus rien. Posséder des biens matériels et l'argent, n'était pas suffisant pour elle. Seul le pouvoir absolu sur un être humain lui donnait l'impression d'exister.

Sidonie l'avait trahie. L'esclave s'était affranchie. Elle avait osé porter la main sur sa maîtresse…

Betty décida qu'elle la retrouverait, qu'elle la châtierait et qu'elle l'enchaînerait à vie. En d'autres temps, elle l'aurait fouettée jusqu'à ce que mort s'ensuive.

* * *

Sidonie avait contemplé Betty allongée inanimée sur le carrelage. Elle s'étonnait elle-même de la violence de son coup. Elle n'imaginait pas qu'un jour elle aurait la volonté de se libérer. Elle comprenait subitement que Betty l'avait sortie des griffes de son maquereau, non pour lui donner la liberté, mais pour la soumettre à sa volonté et satisfaire son plaisir.

La jeune femme se précipita dans sa chambre, chargea à la hâte une valise et s'enfuit dans la Mustang. Elle roula une heure sur l'autoroute du sud et s'arrêta dans l'un de ces hôtels bon marché qui fleurissent à la périphérie des villes.

Le matin, dans une chambre impersonnelle et triste, elle se réveilla avec la sensation d'être une nouvelle femme et d'aborder en confiance une vie qu'elle s'était choisie. Mais avant, elle devait réparer le mal qu'elle avait fait.

Elle écrivit la lettre de confession innocentant Fabien. Puis, elle remonta sur Paris et la porta directement chez les flics.

* * *

Lorsqu'il fut extrait de sa cage pour être conduit dans le bureau de Gribovitch et Leclerc, Fabien Steiner pensait être informé de sa prochaine présentation à un Juge d'instruction. Il savait que les apparences étaient contre lui. Lui-même, s'il avait eu à traiter un tel dossier, n'aurait pas douté de la culpabilité de l'homme. En vain, il cherchait un argument, un fait qui apporterait indubitablement la preuve du mensonge de la soi-disant victime.

Il prit place sur la chaise, face au bureau du policier. Il remarqua son sourire et crut qu'il était tombé sur un flic sadique qui jouit d'envoyer un homme en taule. Gribovitch lui tendit une lettre et lui dit : « Lisez, Maître. C'est la fin de votre cauchemar ».

Gribovitch vit le visage de Fabien Steiner se recomposer au fil de la progression de sa lecture. L'avocat posa la lettre sur le bureau. Il paraissait soulagé par ce dénouement et anéanti par la perversité que révélait la confession de Sidonie.

– C'est incroyable, dit-il. Cela dit, je suis persuadé qu'elle a agi sous l'influence de sa patronne. Et puis, vous savez, tout ce que je vous ai dit, je ne l'ai pas inventé, c'est elle qui m'a parlé, sans que je la force, des magouilles de cette Betty et de son maquereau, Ahmed.

– Je vous crois, affirma Gribovitch.

– Cette Betty est un démon. Vous ne pouvez pas l'empêcher de nuire ?

Gribovitch soupira et leva les yeux au ciel.

– Elle est très forte, dit-il. Mais, elle a fait une faute…

* * *

Leclerc invita Betty Malone à s'asseoir. La patronne d'Immo Nova baissa les yeux sur la chaise et refusa de prendre place.

– Comme vous voulez, dit la policière conciliante, mais je vous conseille de vous installer car si notre entretien ne dure pas longtemps, je pense qu'il vaut mieux que vous soyez assise pour entendre ce que j'ai à vous dire.

Betty se raidit. Elle s'inquiétait moins de la menace sous-jacente des propos de la policière que de son ton aimable et de son assurance tranquille. Elle s'assit.

– Je n'ai pas de temps à perdre, dit-elle. Qu'est-ce que vous avez encore à me demander ?

– Je n'ai rien à vous demander pour le moment, répondit Leclerc. Ça viendra. Chaque chose en son temps… J'ai juste à vous informer de votre mise en garde à vue. Vous êtes accusée de tentative de corruption…

– C'est la meilleure ! éructa Betty. Et qui ai-je tenté de corrompre ?

Leclerc ouvrit son tiroir, y plongea la main et posa un dictaphone sur son bureau. Betty fixa l'objet d'un air ahuri et interrogea la policière du regard. Leclerc lui donna l'explication à laquelle elle ne s'attendait pas :

– Il appartient au maire avec qui vous avez eu un entretien… Vous vous souvenez ? Vous lui avez proposé de lui verser une commission pour obtenir le marché de La Ferronnerie. Vous vous rappelez ou il faut que je vous passe l'enregistrement ?

– Le fumier ! Il l'a certainement trafiqué.

Leclerc se cala dans son fauteuil. Elle consulta son bracelet-montre et se dit qu'elle risquait de passer une bonne partie de la soirée en compagnie de cette femme décidée à se battre jusqu'à la fin.

CHAPITRE XXXIV

– Elle ne s'en sort pas mal, estima Griffon. Tentative de corruption… Ça ne va pas chercher loin. Enfin, elle se calmera peut-être.

– Je n'en suis pas sûre, objecta Leclerc. Elle a l'intention de déballer tout ce qu'elle sait sur la gestion de la mairie. Je ne sais pas si le maire a choisi le bon moyen pour se débarrasser d'elle.

– Et pour le reste ? Ses maris, le proxénète de sa protégée ?

Gribovitch balaya ces pistes :

– Les affaires sont enterrées… Enfin, pas exactement, les maris ont été incinérés. Nous n'avons aucune prise. L'accident du second mari est plus que douteux mais il y a prescription. Quant au proxénète…

Griffon opina du chef et traduisit la pensée de son collègue :

– Je sais, Gribovitch, vous n'êtes pas partant pour rechercher le tueur ou la tueuse d'un salaud.

– C'est sûr, Patron. Si Betty était un prédateur, ce

serait certainement un requin, il est donc naturel qu'elle ait dévoré un maquereau. On ne peut lui reprocher.

– Vous avez raison, Gribovitch. D'ailleurs, le requin est une espèce protégée.

Dernières sorties Collector

Les cadavres disloqués des trois mafiosi gisaient éparpillés sur la terrasse.
Le survivant, un vieux play-boy, tremblait encore de tous ses membres et se frottait désespérément le visage pour enlever le sang et la cervelle qui l'avaient éclaboussé.
Bolan avait donné un avertissement.
La guerre d'Acapulco était déclarée.

Partout sur le réseau routier d'Atlanta, les trente tonnes fonçaient, convergeant vers le même poit. Là où Bolan allait porter un coup fatal au capo régional. La fréquence radio de la police crépitait furieusement. Les gros-culs avaient berné les flics qui partaient dans la direction opposée. Les alliés de l'Exécuteur avaient fait preuve de courage et d'astuce, mais les mafiodi étaient de vrais professionnels, armés jusqu'aux dents…

Lorsque la Mafia avait provoqué la mort de la mère, du père et de la sœur de Mack Bolan, elle ignorait une chose : au Viêt-nam, ses copains avaient surnommé Mack Bolan, le tireur d'élite, ***L'Exécuteur.***

Mack Bolan était seul sous une pluie torrentielle. Il était revenu à Pittsfield, sa ville natale, où le massacre avait commencé il y a bien longtemps. A quoi bon cette guerre contre la mafia? A quoi bon tous ces cadavres ? Dans le noir, un homme s'approcha de lui. Son ami. Il était en danger de mort. L'Exécuteur chassa sa tristesse. Jamais il ne lui sera permis d'abandonner la lutte...

Mack Bolan persuadé qu'il pouvait les liquider tous, s'était leurré au début de sa longue guerre contre la Mafia. Maintenant, il savait qu'une extermination totale était impossible. Mais il pouvait frapper à la tête.
C'était d'ailleurs la solution la plus simple, ici à New York.
Saigner le monstre.
Le saigner à blanc...

La vengeance de Mack Bolan était simple et féroce :

TUER. TUER. TUER

Nashville: pays de la musique, soixante millions de dollars de bénéfice par an.
Les gros bonnets de la Mafia s'y refont une santé. Et quoi de plus facile qu'une cargaison de came pour tous ces dingues de la Pop?
Carls Lyons, un fédé, vieil ami de Mack Bolan, disparaît après s'être infiltré parmi les trafiquants. Les fédéraux sont au pied du mur.
Seul l'Exécuteur peut gagner ce Hit-Parade macabre...

C'est le mercredi de la dernière semaine de Bolan, le round final contre la Mafia. Dans la Famille les règlements de compte atteignent un tel paroxysme, qu'une machination diabolique devient évidente.
Quelque part, dans une base atomique du Nouveau Mexique, un fou prépare la destruction du monde occidental.
Et quand une telle menace existe, arrive pour l'éxécuteur le moment où tuer, c'est encore trop peu...

Tous les chefs de famille étaient réunis. Ils fixaient silencieusement le représantant de la Commissione, Frankie, l'As noir.
L'ordre du jour : éliminer Mak Bolan.
C'était pour leur faire perdre ce combat, que "Frankie-Bolan" s'était enfoncé dansle camp des vautours.
Pour que ceux-ci se dévorent entre eux, en ce Vendredi Vengeance.

Cet ouvrage a été imprimé en France par

CPI
BUSSIÈRE

à Saint-Amand-Montrond (Cher)
en avril 2011

VAUVENARGUES. - 14, rue Léonce Reynaud - 75116 Paris
Tél. : 01-40-70-95-57

— N° d'imp. : 110197. —
Dépôt légal : mai 2011.